葛亮 著

小山河

江苏凤凰文艺出版社

图书在版编目（CIP）数据

小山河/葛亮著 . — 南京：江苏凤凰文艺出版社，2023.4（2023.11 重印）
 ISBN 978-7-5594-7448-3

Ⅰ . ①小… Ⅱ . ①葛… Ⅲ . ①散文集 – 中国 – 当代 Ⅳ . ① I267

中国版本图书馆 CIP 数据核字（2023）第 002914 号

小山河

葛 亮 著

出 版 人	张在健
责任编辑	孙建兵　项雷达
责任印制	刘　巍
出版发行	江苏凤凰文艺出版社
	南京市中央路 165 号，邮编：210009
网　　址	http://www.jswenyi.com
印　　刷	苏州市越洋印刷有限公司
开　　本	787 毫米 ×1092 毫米　1/32
印　　张	8.25
字　　数	145 千字
版　　次	2023 年 4 月第 1 版
印　　次	2023 年 11 月第 2 次印刷
书　　号	ISBN 978-7-5594-7448-3
定　　价	52.00 元

江苏凤凰文艺版图书凡印刷、装订错误，可向出版社调换，联系电话 025-83280257

曾经沧海,其心也安。

自序

一封信

祖父的遗作《据几曾看》原稿中，夹着一帧相片，是端坐的中年女子。相片的一角上，有自来水笔写着的"敏先"二字。这是祖母的字。祖母形容肃穆，目光沉郁，无一点闺秀气，华服之下，却有丈夫的气概。她怀里揽着年幼懵懂的孩子，那是我的父亲。拍照的时候，未预见家中变故，只是数年之后，祖父在中央大学教授任上染恙，是积劳成疾，终于不治而撒手人寰。从此祖母一人担起教养子女的重任。时事艰难间，未有过放弃，直至父亲兄弟三人大学毕业。次年，祖母身染沉疴，一病不起。临去世时，只是说，不要走，我走了，家不成家了。因为祖母的信念，在以后的很多年，父亲兄弟虽分居异地，却始终团结如一人。这也令祖父的老友们感怀。

多年来，《据几曾看》摆在案头。写作前后，时不时会翻一翻。不为别的，只是视之为习惯，作沉淀心智之道。上世纪四十年代，祖父在四川江津，完成了这部作品。其中经手著录藏品，一九四九年后，多转移台北故宫博物院。旧年赴台，见之甚觉亲切。祖父工楷自书，辅以绘事，阐发画理。见其文字，如见其人。及至当世，仍可以之为鉴，躬身诸己。世故人情，皆有温度。内有渊源，举重若轻。

整理信札，得见祖父老友王世襄先生十年前为祖父著作，与台北故宫博物院郭临生副院长商讨插图并合作出版一函。王爷爷性情之真之挚，向为友人与晚辈感怀。六十年前，与先祖父一见如故。谈文论艺，若伯牙子期。祖父见背十数载，又承年迈老友为其遗作付梓奔波。旧年拙作《七声》于台湾出版，王爷爷不顾耄耋高龄，特又为撰写书名与扉页题字。如今忆来，仍觉暖意。因先祖父书中品评艺作，现多藏于海峡对岸，王爷爷为玉成此事，极尽心力。唯录信中数语，以作感念。

> 兹为老友葛康俞先生遗著《据几曾看》出版事，向您求教。康俞先生为清华大学名教授哲学家美术史家邓以蛰先生之甥。一九四三年冬在重庆图书馆参观故宫书画展览，初与订交。此后谈艺，时有书信往来，直至一九四八年襄赴美。先生工书画，行楷醇厚有古风，山水萧散淡远，可与宾虹先生抗衡，文华尤典雅隽永，耐人寻味。惜英年早逝，使人感伤。遗著《据几曾看》一种，著录历代书画名迹一百九十六件，计一百九十四页。卷末有宗白华、启元白两先生跋，皆推崇备至。此稿已向北京三联书店推荐，建议影印出版，蒙表示乐于接受。当前主要问题在插图。……由于所收多为尊院藏

品,且手稿为繁体字,襄今年两地故宫联合出版已有先例,当属可行。如蒙予以考虑,至感欣幸。总之亟望老友遗著学术佳制得以传世,纯出个人愿望。为此而上书奉扰,有渎清听。诸祈鉴原,至感。

信札往来,序跋,皆是友谊见证,经得起时间研磨。故人是大半去了,还有些重叠的掌印,惺惺相惜。宗白华的辞采,启功的温婉,手边的字里行间都还在。无奈人都走远,时代亦随凋零。

祖父的时代,人大都纯粹,对人对己皆有责任感。这是时世大幸。投射至家庭的观念,修身齐家治国平天下,是深沉的君子之道。所谓家国,心脉相连。祖父为孩子取名,我大伯小名"双七",因生于抗战初期,"七七事变"国难之日。而父亲则昵称"拾子",他诞在一九四五年,取《满江红》的词意,有从头收拾旧山河的意思。取名是家庭内的细微事,得见时世的胸襟。

写这本书,多半是有所牵挂,但亦不全是。或许眼前的时代是更好的,所以要多走走,多看看,多想想。已经过的一些,便写下来。从旧的东西里,看出新的来;从新的东西里,看出旧的来,都是自以为有趣的事情。

时值新版,有如临故地,见故人。字里行间,砂器入水,盛载倏忽岁月。总有许多的留存,是变而未变。是为序。

第二章 人间　075

江南　077

舌尖　094

霓裳　102

暂借　110

书衣　118

先生　124

无珠　127

目录

自序 一封信　002

第一章 人世　001

拾岁　003

城池　034

腔调　041

气味　047

春色　052

巫问　057

故地　063

声音　069

第四章 光景	181
出神	183
经年	186
沧海	190
镜像	195
世界	206
伶人	216
后记 笔记本	230

第三章 行间

诸神   133

追译   142

故事   146

生活   154

小说   169

文学   177

第一章 人世

拾岁

说起这十年，一时间不知从哪里开首。

姑祖母家的平安夜。我站在天台上，远处是西贡夜色里的一湾海。明暗间是散落水中的岛屿。浅浅的海浪激荡，岛屿便是浮动的船。

院落里灯影阑珊，圣诞树兀自精神。夜已微凉，姑祖父身上盖着厚厚的毯子，坐在藤椅上打瞌睡，家人早就叫他回房。但他不愿，不愿意错过热闹，宁愿做这热闹里的布景，才会甘心。客人早都散了，热闹却还是浓厚地在餐桌上、草地间堆叠。小狗不知倦，将李医生的双胞胎留下的玩具叼着，在院落里巡游。姑祖母还在絮絮地和母亲说话。讲的依然是往事。这夜里，将陈年的事情都释放出来，稀释在这城市的空气里。

我的家族，与这城市无所谓渊源。出现人生的交叠，只在历史的关隘。抗战伊始，祖父辗转到此，是因了旧派知识分子的良心。终于匆匆地还是离开，这地方不是久居之地。姑祖父母，留下来了。他们都是浪漫的人，革命的浪漫主义，经历了现实的考验。姑祖父是香港人，追求姑祖母用的是艺术家的爱国心。一九四九年后，背弃了家庭来到北京，成就了中央歌剧院一段千里姻缘的佳话。然而，终究是单纯真实的人，一九六〇年的时候，双双发落到了东北。这其间的艰难，用音乐与乐观倾轧过去，居然也就水静风停。终于回到故里，站在罗湖桥上，姑祖父泪眼婆娑，向左望去，招展的旗帜仍红得悦目。这是十多年后了。

　　时光荏苒，四十年也总是留下痕迹。变不了的是姑祖母的乡音。将近半世纪的香港生活，老人家还是地道的老北京的女儿。说起话仍是利落爽脆，讲到兴处，仍是朗声大笑。

　　旧年我博士毕业，在红磡体育馆举行了典礼。一家人拍了照片，冲印出来。姑祖母看着笑着，终于有些动容。她指着这巨大的建筑说，看，颜色都旧了。我来那会儿，还没它呢。它现在都这么老了。

葛亮　小山河

千禧·劝学

我来到香港，在千禧年的尾声。不算冷的冬日下午，黄昏的光铺张下来，也有些暖意。下了车，走上了一条叫作"高街"的街道。这条街的陈旧出人意表，窄窄地从山道上蜿蜒下来。两边是陡峭的唐楼造成的峡谷，阳光走进来，也被囚禁了声势，成了浅浅的一条线。和南京的阔大街道相比，这条街的逼狭让人有些许的不适。再读了《第二炉香》，发现张爱玲写到这条街，用了一个词"崎岖"，终于有些感叹，张的文字实在是老辣简省。

与高街垂直的阶梯，竟然也是一条街，叫作"兴汉道"。咫尺之遥，分布着几家文具铺和影印店。都是在做学生的生意，竟也十分的兴旺。这兴旺间，暗藏着潜在的竞争。有家叫作"艺美"的，做的是家庭生意。有论文订装的一条龙服务，婆婆管收钱，儿子和儿媳则是劳力。孙子是个戴眼镜的小伙子，还在上学的年纪，负责些零杂的活计。一家人的神情都很勤勉。他们的竞争对手，是个壮年的男子，人称"肥仔"，设备比他们先进些，店堂也整饬些，但都传说他其实是个"无良商人"，所以在港大几年，也并没怎么帮衬过他。这条路的尽头，叫作般咸道。"般咸"是香港的第三任港督 George Bonham

的姓氏。香港的翻译，因为受了粤语的影响，简省而生僻，就如同将Beckham译为"碧咸"，Zidane译成"施丹"，多少有些不着调。这道路是西区半山上的主要道路，曲折漫长。连接坚道和薄扶林道，坐落了许多的名校，像是"圣保罗书院"等等，环绕了香港大学，几乎带有一些预备役的性质。

港大在这条街的中段，可以看得见校门口的石牌坊，掩映在绿荫里面。和内地高校大门的气派不同，这座老牌的大学，有些深山藏古寺的意思。底气是内里的，有孙中山、陈寅恪与朱光潜的过往，渊源便也不用多说。

从校门右手的车道上去，便是本部大楼，米色的巴洛克建筑，有的是繁复的回廊与凸起的钟楼。地形不简单，文学院办公室在右手的位置，我去报到的时候，竟无端地绕了一个大圈。正门的地方，是陆佑堂，这是港大的礼堂。后来听过的许多演讲，都在这礼堂里进行。到了学期末的时候，这里便是全校学生高桌会的地方。港大的精英教育，落实在细微处。到这一天，少年男女们便严格地要盛装出席，煞有介事。这是一种锻炼，你要克服你天性的羞涩与胆怯，让自己在人群中脱颖而出。所以，这礼堂又兼有舞厅的功用。不过，晚近它的著名，却是因借它拍了电影《色，戒》，做了王力宏和汤唯演练爱国话剧的布景。这电影在校园里细水长流地挑选群众演员，每每可以看到，几个本校剧团的学生脸上都笑得很欢乐。那时候，我的学位论文正赶得如火如荼，从办公室里出来，疲惫地对他们望一眼，看出他们的欢乐也是加倍的。这礼堂，多少是有些凋落了。堂皇还是堂皇，老旧是骨子里的。一百年的光阴，外面看不太出来，却已蚀进了内心里去。

如此看来，我在这所学校里的五年，便真正是弹指一挥。细数下来，回忆还是不少。大多都是细节，比方校门附近有一棵树，孤零零地立着，叶子四季都是少的。这是一棵朴树，我记得它，是因为它和我喜欢的歌手，是同一个名字。而研究生堂附近有一棵繁茂的细叶榕，三人合抱的粗大，后来却被砍掉了。因为它发达的根系，撼动了地基。砍掉以后，如同一张天然的圆桌。又比如，仪礼堂附近，有一丛竹子，上面出没着一条蛇，传说是某个香港名人的魂魄。很多古老的学校都有传说，最盛的是一些鬼故事。港大的此类故事，格调多是凄美优雅的，又有些烟火气，所以并不怕人。其实都是些不相干的事情，偏偏印象很深刻。这些印象，便夹在了教授们的真知灼见与日常的连篇累牍中，被留存了下来。

港大建在山上，这山是太平山。小时候看过一出剧，里面主题歌中有一句"太平山下不太平，乱世风云乱世情"，是因为有港战的背景。我在这山下的岁月，还算是很太平的。香港人有"行山"的传统，太平山上有一条晨运径。曾经晨昏颠倒的时候，也仍然看得见黄昏里头，有些人在山路上或走或跑。跑的多是些外国人，都大汗淋漓的。若是个白种人，肤色便变成浅红色。还有一些菲佣，在山道上遛狗。那狗的毛色便在夕阳里闪成了火红。在山顶上，看到过一头藏獒。并不见凶狠，眼神游离，没什么主张的样子。山顶是好地方，可以眺望到全香港的景致，看得到长江实业，中银大厦和 IFC（国际金融中心），所谓"中环价值"，尽收眼底。没有雾的时候，也可以遥遥地望见青马大桥。山顶上看港大，在盘桓的山道交错间，就好像是岛。

香港是一个岛，这岛上还有喧嚣与速度。港大是这岛上的另一个岛，是真正无车马喧的清静地。这里面的人，便也有了岛民的心态。心无旁骛，适合读书做学问。在经历了一年的热闹之后，也是在这岛上，我无知觉间开始了写作。写过一个年轻大学教授的浮生六记，叫《无岸之河》。后来又写了一篇《物质生活》，大约是那时候的生活写照。写作之外，做的更多的事，似乎是看电影。看电影是写作和作论文间的句读。频繁密集,却似乎又无足轻重。港大图书馆,有很多的影碟。我便一边看,一边为一个报纸写电影专栏。写电影终究不是很过瘾的事。看完了基耶斯洛夫斯基、法斯宾德、大卫·林奇,终于被大岛渚的残酷任性搞坏了胃口,于是用希区柯克的推理片系列做调剂。看完了一部《鸟》,影评写完,意犹未尽,就又动笔写了一篇叫作《谜鸦》的小说。

那以后,写下去,却多是关于自己家乡的城市,南京。

癸未·人事

二〇〇三年,是世界的多事之秋。美国哥伦比亚号航天飞机在着陆前于得克萨斯州上空解体。机组人员共七人全部罹难。伊拉克危机造就了有史以来最大的反战示威活动。第一例 SARS 病例在越南河内出现,并在全球迅速蔓延。第二次海湾战争爆发。塞尔维亚共和国总理佐兰·金吉奇遭到暗杀。美国华盛顿州暴发疯牛症,澳大利亚、中国、巴西和日本等国宣布禁止进口美国牛肉。伊朗发生强烈大地震,三万人死亡,十万多人无家可归,二十多个国家向伊朗派出救援队与物资援助。

那一年的春天,我拿到了硕士学位。

一月的时候,第一次应聘了工作。是一份咨询顾问的职位,具体负责在港跨国企业管理层的语言培训。

走进中银大厦,将领带紧了紧,信心也充分了些。面试的气氛友好而矜持。印象深刻的是主考的中年韩国男人。说着流利的英文和温婉的普通话。倾听与点头。除此之外,一切都很安静,只有秘书在笔记本电脑记录时飞快的打字声。也是温存的,如同蚕食桑的声响。

这次应聘最后以落败告终,电话打来,依然是完美得体的抱歉,说希望将来与你有合作的机会。在意料之中,一个学位,或许并不比两年的工作经验更加有分量。这是香港的职场,用人唯用。不会有太多的时间给你去历练与磨合。

二月的时候,在深圳的一间港资出版公司就职。

对我而言,这是新的城市。以前只是经过。它代表的只是罗湖口岸,是南京与香港间的某个过渡。

或许,深圳对于香港人而言,远不及此。它终于成为香港人的消费胜地。朋友对我说,这个角色,曾经由泰国来扮演。金融风暴后,泰国一蹶不振。港人改弦易辙,开始亲近祖国最临近的城市。这里在一九七九年的时候,还是荒凉的地方。因为一位老人,踌躇满志地画了一个圈,由此改变了它的命运。

我想我是喜欢它的。大约因为它的新与阔大。这些年在香港,看了太多逼仄而狭长的天空。这城市的阔大是与南京像的,然而,却没有南京的古旧与曲折。历史于南京像是一道符咒,成败一萧何。走在中山大道上,体会了民国子午线的悠长与幽深。法桐叶子将阳光筛在你身上,却也有一丝凉意。这凉意也是许多年积淀来的。深圳不同,轻装上阵。每次上班的时候,车经过笔直的深南大道,两旁是鳞次栉比的高楼。头上的天,却还是辽阔的。没有高大的树,有一种稚嫩,却也是初生牛犊式的。内里却是胆略,无顾忌。所谓"深圳速度",或许也有代价,便是略微地鲁莽,不太计较错对。

这城市始终是年轻。地王、深交所、华强北商圈,都是年轻的身影。我从没感觉到自己的年轻在一个城市会如此地恰如其分。

我开始了我半年的职业生涯。在最商业的地方做最文化的事情。做故宫藏品系列丛书,与字画、印鉴、碑拓、明清家私打交道。工作的过程,倒是心里很沉静。同事们,则都是艺术的人。因为做的是出版行业，却没有很多浮华气。出版总监是昔日一个著名文学杂志的编辑。说起她当年对阿城的欣赏，真诚仍溢于言表。说起阿城文字的好，至今还记得她援引的《峡谷》中的例子，说那马是"直"着腿走来。当时编辑部的人，都说这"直"用得颇为蹊跷，不是正常马的所为。唯独她力排众议，留下了这点文成金的一字。我短暂的出版生涯，因为这总监的提护，增长了许多的见识。现在想来，是心存感念的。郝明义的理念与吕敬人的设计，也都是那个时候深入其心。多年后，当我自己出版书籍的时候，与编辑间沟通的无阻，也正是靠了那个时候的积累。

四月二日那天，天气晴好。大巴上人头涌动。突然有个女人的声音尖厉地响起，然后是她对同伴说，张国荣死了。似乎有很多双眼睛向一处聚焦过来。这时候，WHO 已经发出了 SARS 全球警报。所以这些眼睛的下方，都有一副口罩，掩藏着讶异的神情。女人的伙伴愣了一下，她的口罩上印着一张微笑的丰润的唇。这便是无所不在的商业创意，让 SARS 的阴影薄弱了一些。然而，这时候却变得不合时宜。她声音虚弱地说，开什么玩笑，愚人节是昨天。所有的人都如释重负，同时有些谴责地看着制造谣言的女人。女人将报纸递给了同伴，说，是，真的。我在这同伴身后看得很清楚，报纸标题浓重：《歌星张国荣于香港文华东方酒店跳楼自杀身亡》。很快，电台印证了这个消息。有人间歇开始抽泣。

"哥哥"对于很多人来说，大约是时代的专属名词。他的歌、电影、演唱会，他的隐退，他的情事都潜移默化于许多人的生长。当他终于老去，便以最彻底的方式演绎了浮生若梦。只是，在这身影坍塌之后，所有人等不到了风再起时。

张国荣的故去，与年底另一个巨星的陨落遥相呼应。她是梅艳芳。许多人都记得他们共同写下香港电影的一则传奇《胭脂扣》。曾经风华绝代的十二少，耄耋老境下，与天人两隔的如花重逢，是悲哀却非悲情。几乎在这惨淡的年里成为谶语。

乙酉·驿旅

这一年年头。在朋友的怂恿下测过一个卦，然后算出的结果，我是"鲲"命。"鲲化为鹏"是要远走的。命里主水，又驿马星动，所以，年内会要去有水的地方。

回想起在温哥华的那一段。七月的阳光并不炽烈。因为J哥夫妇的缘故，并没有很多旅人的感觉。大约因为他们人太好，对我有如兄嫂。而又都是顾家的中国人，所以与他们相处的时光，竟无时没有家庭的感觉。叮咛是足够的，于生活的细节，又是贴心到了令我对一向的疏忽感到惭愧的程度。

他们都是北京人，来加拿大前，J哥是一家报纸的摄影记者。未到四十岁的年纪，头发已经半白，但眼睛里却有很多的童真。他给我看他以往拍的照片，拍摄的对象，多是名动一时的，却又都是心地单纯的人。所以，在他的镜头里，可以看到杨宪益的羞涩、钱锺书的爽朗、詹姆斯·莫里斯如同孩童一样的笑容。在异国定居后，他是个自由职业的摄影师。这是工作，也是兴趣。拍得更多的是平凡人。家庭的细节、婚礼的瞬间、社团巡回游行的旗帜。更多的是孩子。各种各样的脸，精灵的、欢乐的、哀伤的，都是真实的。也有一张黑白的照片，放在他的个人网站的显著的位置。是个神情宁静的青年女子，有着饱满的额头和丰盛的卷发。那是他的太太，辉姐。

辉姐是伦敦大学政经学院的工商管理硕士。毕业以后与夫君移居加国，做了全职太太。见到她的时候，她刚刚读完了一个西点制作培训课程。所以在以后的每个清晨里，我可以不重样地饱口福。辉姐虽是商科出身，却是艺术家的性情，做事要完美的那种。会在大早的时候，开车去很远的市场，购买材料。只为了曲奇饼上的蓝莓保持新鲜水透。下午的时候，家里便洋溢着全麦面包的香气。辉姐神态安静地搅拌起司，一边和我谈她对小说的见解。都是日常的，并非是文学的观念，内里却有很地道的真知灼见，让人叹然。

这两夫妇千禧年移居海外，也经过艰苦的岁月。如今买下了 Watling Street 这处临街的房子，窗外种满了冬青与绣球花，将它布置成想要的样子。周末的时候，请了印度裔的工人上门，在后院搭建凉台。有个工人很年轻，在加拿大是木工的世家出身。小伙子萨米其实在 UBC（不列颠哥伦比亚大学）学建筑，却对祖业也很有兴趣。所以放假出来打暑期工。虽是暑期工，做事却是专业的态度。穿着背心和耐磨的工装裤，戴着耳机。是心不在焉的打扮。动作却是实在的一板一眼。J 哥与我也在旁边帮手，两天下来，已经完工。辉姐烤了猫舌饼，同请了萨米喝下午茶。午后的阳光照在草坪新生的嫩芽上，彼此都觉得是难得的好时光。萨米说他的家人、女友，说他们的老家旁遮普省。这城市的印度人大多来自这个省份。温哥华的支柱产业是旅游饮食和木材加工业。前者是华人的擅场，后者则是印度人展身手的行业。在东区与华人两分天下，简直蔚为大观。

走在伯纳比的街道上，可以时时听到国语。就连大巴上的白人司机也会用俏皮的口气说上一两句广东话，"唔该"什么的。煤气镇上的中国城，什么地道的中国食物都吃得到，所以，几乎没有异乡之感。我自己一个人跑去 UBC 查找研究资料，顺便看看人类学博物馆。路途遥远，觉得沿途的景致几乎代表了种族文化的嬗变。如此井然成群，难怪温哥华被称为"街坊城市"。当然，也并非所有的景致都赏心悦目。在靠近市中心的 Carnegie Centre 区，看得见一些眼神散乱的人，在与你擦肩而过的时候，甚至涕泪交流。这是一些吸毒者。政府出于安定的初衷与好心，以合法的途径，联邦毒品法令的豁免，为这些人设置了"毒品注射屋"（Insite），以解决他们的一时之需。但是，却同时激起了反对的声音，认为这是某种"农夫与蛇"的善意，变相造成了姑息。

UBC 很美，因为临海，还有清澈的阳光。这间老牌的名校，并没有一丝老气。年轻小伙子们踏着滑板上课。教授看见了也是远远地吹一声口哨。

八月的时候，走访了加东另一所大学。多伦多大学，也临水，却是五大湖区。多大与 UBC 相比，多少是带着古意的。维多利亚风格的建筑上布满了爬山虎，令我想起母校南大北大楼的景观。校园临近 Queen's Park，在闹市里是一处宁静幽深的地方。有鸽和松鼠，都并不怕人。旁边有安大略皇家博物馆。除了大英博物馆的远东馆以外。这里亚洲藏品，算是极丰富的。看到一尊隋唐木造像，面目和平，造型温润细腻，就小节来看，亦是上品。在这间展馆，也幸会了南加州大学的教授查理斯。查教授对东方艺术素具好感，于雕塑与壁画尤有研究，曾只身去云冈与敦煌游历。说起敦煌艺术的精绝与损坏的惨烈，颇为怅惋。他说，人都是太想占有，其实观赏也是拥有。他用了 cherish 这个词，是很诚恳的表达。说到雕塑，我向他提及亨利·摩尔。在现代艺术里，他的作品是我的大爱。他便兴奋地对我说，那么他一定要陪同我去 AGO，也就是安大略美术馆。那里馆藏的摩尔的作品，是最得称道的。我一时有些惊异，一边觉得太巧，一边又有些怪自己没做好功课。接受了查教授的盛情，我们乘地铁到 St. Patrick 站，沿 Dundas St. 往西走。没什么悬念，门口的青铜雕塑一眼看去便是摩尔的风格。其实，这馆里也藏有马蒂斯、安迪·沃霍尔、乔瓦尼、林布兰的作品，甚至也有数幅凡·高和毕加索等的名作。但或许是摩尔在这里声名太盛，其他却都少人提及了。

离开了多伦多，历经京士顿、渥太华，和法语区的魁北克。在蒙特利尔的下城，有一些奇遇。也因此结识了来自洛杉矶的 Aunty Ann，新加坡的 May 和 Andy。或许华人本身有着某种本原的亲近，萍水相逢成了十分好的朋友。经验与差异，都成了互补与可资回味的东西。临别的前一晚，在一间叫 Paris Grill 的餐厅。我们饮杯之下，都有些不舍。几年后，Andy 与 May 发来结婚照。Aunty Ann 带了年近八十的母亲来香港寻根。又几年后，我收到了来自 Ann 从美国打来的电话，她听到我的声音，舒了口气。然后问起内地震灾的事情，说不知道南京会不会有事。她希望主会保佑我的家庭。都是非常朴素的话，却让我热泪盈眶。

戊子 · 水起

我生长的城市，的确有大水所现，是长江。不过我们家住在市中心，看不到。后来读大学时候，分部在江北。每个星期乘巴士往返，总要经过长江大桥。这桥下，自然就是滚滚的江水，姜黄色的。有些船只游弋来往。初见心里很有些澎湃，为了每个星期都能将这江水看一看，不辞长做江北人。见多了，也有些倦。有雾的时候，水天便都是朦胧胧的一片，连桥头堡上的工农兵雕塑，都只剩下一个轮廓，这时候情绪也变得空落落了。

其实，南京还有另一条河。在城里，和南京人日见夜见，水静风停。因为历史，又因有一些浮靡的风雅，这河其实与人们更亲近些，关乎它的日常与闺秀气。昔日有人论苏学士和柳永的词，说是关东大汉和十七八女郎之别。长江若与这条河一比，也同样适用。后者让人爱，却是起不了敬畏心的。有朱姓和俞姓的老派文人，作过同题作文《桨声灯影里的秦淮河》。外人读了都是极向往。灯影和歌娘，好像都是大半个世纪前的风致，如今在这河上又复兴了。上一次回家，路过这条河，看见又多了许多的花船。穿红着绿的本地人，载着金发碧眼的国际友人，神色都是怡然的。水是清澈得多了。九十年代初，河道污染成了这城市的公愤。如今干净了，回来了。回不来的，是有关这河的记忆。小时候，元宵节的灯会，河岸上奇芳阁的清真点心。奇芳阁还在，却如同别家的老字号大小，经营得举步维艰。将楼下，也已经租给麦当劳了。

来到香港，还有水，这回却咸下去，是海水。本地的朋友要带我去看的，先就是维港。其实不像海，窄窄的一湾，水声却不小。当日有阔大的邮轮施施然地开过来，不记得是不是双子星号，在这水里是大而无当。那时候，IFC还没建起来，从尖沙咀望过去，中环的景物则有些似是而非。一错眼，倒觉得是站在外滩上看浦东。可隔着的，究竟是海。

海和海，自然是不一样的。旧年的国际作家工作坊，主题是海洋文学，来了七八位访问作家。其中两位中文作家，一位是内地的邓刚，一位是台湾的廖鸿基，都是写海写得极好的前辈。邓刚是山东大汉，魁梧的身形，声音也雄壮。写的海也汹涌得很，是人要搏斗的物件，关乎生存的所在。人叫"海碰子"。在这铿锵碰撞中，人也越发坚强起来。廖鸿基也写海，海也是辽阔的，却是浪漫的背景。廖老师斯斯文文，却是自称"海神信使"的讨海人，半生致力于鲸豚的生态调查与保护工作。他给我们看了许多照片，都是他拍的海。墨蓝深幽，是奇幻的色彩。又播了一张CD，有苍凉遥远的动物叫声。廖老师温柔一笑，说，是鲸鱼的情歌。

在这城市生活了很多年，对这里的海，终于也有了感情。这感情，是渗透积聚起的，如同涨潮时的海水，慢慢漫延到岸上，一点一点地，当你突然发现漫上了你的脚背，已过去许多时日，是无知觉后的猛醒。除去初到香港时的浮光掠影，这积聚大约由西环开始，与寂寞与思乡相关。有一段时间，住在山道上，夜里无法安睡。索性就起身出门，沿着水街往下走，一直走到山下有灯光的地方，是西区运动场。在那里认识了一群朋友，其中一个，还带了他的狗，是一条鲍马龙史蒂夫。这些朋友凌晨收工，就到这里打打篮球，热闹地聊聊天。性情都是欢乐的调子。他们和我交谈，用或好或坏的普通话，间或教我几句广东话。有人突然揭露其中某句俗语是粗口，是要教坏后生仔。被谴责的人便激烈地笑，掩饰自己的不过意。那狗也是欢快的，自己一个，兀自围绕球场奔跑，转圈，追逐滚动的球，是自得其乐。后来，我写成了一篇小说，纪念这短暂的交情。被圈住的运动场外，便是海。这海在夜色中泛起凛凛的光，被铁丝网分割成了光斑。远处望过去，有一些浮航与机船的影。附近是一个码头，也是这些朋友做工的地方。后来我白天去看过，整齐地排列着橘色和蓝色的集装箱。近旁堆叠了轮胎与汽油筒。烟色暗淡的小轮上，伸出左右摆动的铁吊。"哐"的一声，是货物沉重的下落。临岸的海，颜色也是暗淡的，有浅浅的机油的缤纷痕迹，闪烁不定。悠远的汽笛响起，这海水便波动一下，呼应了航船的离去与归来。这是劳动的海。

乘坐天星小轮，往返维港两岸，渐成熟悉的经历。香港开埠的时候，这港曾经是广阔的，填海取地改变了天然的海岸线，造就了港内的风浪。二十世纪七十年代，筲箕湾的码头，还会有人在岸边游泳。如今的水质与激流，已令人却步。维港的美色，已无关海港本身。

还可说的，是香港的岛屿。不知道从哪一天起，开始热衷于对离岛的探访。岛如同海水的坐标，香港周边的岛屿，竟然有二百六十多个。而成为规模的，在地图上看得见南至西南的离岛区，有二十多个岛。除了新机场所在的大屿山，最著名的约莫是南丫岛。这是香港的第三大岛，以前叫作"博寮洲"。因为形状像汉字的"丫"字，就改了这么个土名字。南丫岛其实一点也不土，几乎称得上是个小欧洲，有"鬼佬天堂"之称。一九九〇年，香港电灯有限公司在岛西北凤梨咀填海建立南丫发电厂，外籍的工程师聚居榕树湾一带，改了区内的"风水"。渐出现了西式茶座、餐厅，却也搀杂了中国的风情。这岛并不怎么纯粹了，中国人多半是老的。早在七十年代的时候，很多年轻岛民已搬到香港谋生，南丫岛遵循着现代乡土发展的规律，留守了年长的一辈。当年出来的年轻人，最有名的大约就是周润发。这样的人，长洲也出了一个，"滑浪风帆之后"李丽珊。她为香港拿了奥运金牌，是久前的事。后来却因为一部《麦兜故事》，名及两岸，几乎成了香港精神的代名词。平心而论，我是更喜欢长洲的。大约因为那里的具体而微，是小镇成一统的感觉。有自己的消防局、警署和医院，似乎全都缩减了一号。一个面色黧黑的巡警开着摩托车，从你身边擦身而过。十几分钟后，驻足在海鲜摊抬头看风干的气鼓鱼，他的身影又映照在鱼缸的玻璃上，因为已经环岛绕了一圈。来长洲，自然是要吃海鲜的。这里的海鲜，号称"一口价"，味道大同小异，大多是椒盐濑尿虾、蒜茸扇贝和避风港炒蟹。这些铺头，主要开在海傍路上。大新街有间叫"阿信"的，我们帮衬过，很不错。老板是和善的人，岛上的原住民。据说以前在酒店做过主厨，现在是解甲归田，回到无车马喧的故土。他拿手的是一道"蒜香美国蚝"，见功力的菜式，黄灿灿的，味道十分鲜甜。这岛上除了海鲜，吃的口味可称之繁杂。日本菜、意大利菜、马来菜，不一而足。也有老字号大小，是四十多年历史的"张记鱼蛋粉面"，试过一回，名不虚传。另有一间甜品店，在大兴堤路上，名曰"天然"，招牌是"雪冻豆腐花"。"雪冻"即是巧克力包着云尼拿雪糕，口感松软，却十分有咬头。

越过人多的地方，经北帝庙不远，便能看见大片的海。东湾海滩，海非常好，称得上是水清沙幼。周围零落地散着一些度假屋，设施都很简陋。其中有处叫"东堤小筑"的，生意尤为清淡，却很著名。原因是历来有闹鬼的传说，神乎其神。曾经和不信邪的朋友约在这儿打牌，大中午的，房间里直有阴森之感，听得见天花板上有寥落的人声。终于在黄昏前离开了。鬼说到底，于这世界上，其实是许多无奈情绪的集合。后来写了篇小说《龙舟》，说的便是一只无奈的鬼。

这岛上最著名的鬼魂，叫作"张保仔"，是清朝嘉庆年间的一个海盗，势力很大。据说也落魄过，被朝廷赶得东躲西藏，最后躲到长洲西湾崖边的一个山洞里来了。也就成就了本地的一个景点，叫作"张保仔洞"，传言也是他藏匿宝藏的地方。这洞我看过，甚至还进去过。极其逼狭，张姓海盗应该是个短小的身形。洞内光线很暗，便有个年轻人，在洞口租借手电筒，也是生财有道。

岛上一年一度的盛事，叫作"太平清醮"。所谓"醮"，是道教一个传统仪式，也是民间风俗。用意是酬谢神恩、祈求国泰民安，又以从事渔农的人最为看重。"醮"是有功能性的，庆祝寺庙或其他建筑物落成的"庆成醮"，祭拜瘟神的叫"瘟醮"，也有为神明祝寿的"神诞醮"和佛教盂兰盆会合为一的"中元醮"。香港打醮大多以太平清醮为名，时间在每年的农历四月。三天醮期，全岛戒杀禁荤，岛上居民及游客一同茹素吃斋，就连麦当劳也只有素包供应。打醮时，有一个风俗，叫作"抢包山"，所以，长洲的"太平清醮"也叫"包山节"。我去看过一回，真是满目琳琅，以"飘色"巡游为盛，大多是模仿历史人物，又或者是取材于戏文。可竟也有与时俱进的元素，看得见社会名流，甚至政坛人物的身影。那回就有"乒乓孖宝"现身，"阿姐"汪明荃作为两会香港代表而受瞩目。虽是传统的节目，却看得到港人近来的热衷。

"抢包山"是"太平清醮"节目的压轴，也是高潮。这传统可谓源远流长，在十八世纪的清朝，就已经有了。包山有三座，用竹条建起支架，在会场道坛旁竖立起来。山上有密密麻麻的包子，这包子是被道士做过法的。这些被祝福的包子叫作"平安包"。所以"抢包"的时候，谁摘得越多，福气就越大。

不过，大约在二十世纪七十年代末，有一次"太平清醮"，参加"抢包"的勇士可谈不上有福气。兴许是人太多，那一次，一座包山不胜重荷塌了下来，将近三十个人受了伤。香港特区政府出于安全的考虑，禁止了这项传统活动。一禁便是二十六年。

重新恢复的时候，已年过千禧。我看到的那次，包山已经做了很大的改良，面目整齐庄严，用钢筋做了内部的支撑。包山上的包子也控制了数量，每座上有六千个。且都是塑胶制成的假包子，据说是为了环保。抢包的人呢，在比赛前还要接受香港攀山总会的训练。整个过程，热闹还是热闹，激烈还是激烈，可总感觉少了点什么。

长洲这样的岛，是人味儿很重的。香港更多的岛是一些偏远的岛，散落在海里头，终年也有些寂寞。我去过最远的，叫东平洲。在香港的最东北的大鹏湾。在岛上的时候，手机突然接到了内地的信号。原来已经靠深圳很近，对面便是大鹏半岛了。只是中间隔了一道海水。

己丑·室家

现在住的地方，若用地产中介的口气，便说是"旺中带静"的。这街的形状，是一个长长的弧形，好像一枚新月。街道两边是一些有了年岁的楼宇。静的确是静的，其实闹市并不远。因为这街的形状，自成一统，便涤清了外界的许多声响。或许也是因为老旧，最初并不打算长居。因为家中曾经的变故，租住这里，是为了能在中午赶回家来，陪母亲吃饭。后来竟就住了下来，一住就是几年。一则是因为房东人实在是很好。房东叶老先生，是上海人。据说当年出租的时候，他有自己的挑剔。但因为听说我是南京来的，引为老乡，竟然很爽快地答应下来。叶先生是二十世纪五十年代来港创业的工厂主，时当壮年，现在说广东话也还带了浓浓的乡音。当时香港的大环境和后来的经济起飞尚有距离，所以，艰苦的日子也是经过了的。第一次的置业，便是在这里买下了几个单位。自己住过红磡、湾仔。老了，就搬回了这里。大约也是好静，又见得到老街坊吧。叶先生喜烹饪，兴起，会烧一些地道的本帮菜，送过来给我分享。又喜欢京剧，有很多京戏的影碟。有时候听得见隔壁的声响，最多的是《法门寺》。这出我不陌生。大约因为外公也喜欢。有一次他还特来邀我和他一起听。是一出《空城计》。他说他其实最喜欢的，是马连良和周信芳。谈起来，竟也知道年轻得多的于魁智。便又感叹，他来香港的时候，于还未出生呢，现在居然就在内地当红了。说完后，自己去了里屋翻了半天，翻出一把京胡，沾满了尘土。他一面擦灰，一面说这京胡跟他来了香港，也老了。原先弦是上好的马鬃，断了，在这里竟再也配不上。现在勉勉强强装上了钢丝，只有凑合地听了。说完就拉起一曲《大登殿》，声音有些尖厉，但力道却是足的。在这咿咿呀呀里，窗外暮色也低沉下去。我便有些爱这条街了。

回忆起来，在香港也迁居了多次。早前在港岛的西区，第一个住处，在山道上，四周的风物似乎是让人喜爱的。早上推开窗子，遥遥地能北望到海和浓重的晨雾。下了楼，看得见有许多弯折的小道。傍晚的时候，和缓的风也是山上来的。夕阳的光线从法国梧桐的叶子里筛下来，落到地上是星星点点。间或又吹下一两朵洋紫荆或者合欢，便是这光斑中的一两点锦簇。景全是小景，因和日常相关，也更入眼入心。

这些小道，都不起眼，其实是西区的血脉，内在有严整的秩序。街边琳琅的小铺，都是因地制宜，见缝插针。名号却时常分外地大，比方说"贝多芬琴行""刘海粟画院"，通常却不过十米见方，大约也是香港寸土寸金的明证。

靠着正街，是很陡峭的一条街，从般咸道落下。站在上方，目光直上直下，可一直通向德辅道。整条街都是石板铺筑的阶梯，密集集地下落，几乎有点壮观的意思。这里是很多香港电影取景的地方。我常去的是靠近山脚下的一爿旧书店，叫作"平记"。终年是一盏泛了蓝的日光灯，瓦数很小，并且闪烁不定。倚墙摆了几个通天大书架，生铁或是木的，里面有很多漫画，因为有些是限量版，待价而沽。香港有数不清的漫画收藏迷，真的有肯为一本上世纪七十年代出版的

《龙虎门》出上好几旧水（香港白话称一百元港币为"一旧水"）的。这个书店却专有一个中文书架，间歇让人有意想不到的收获。在这书架上，我淘到过天地初版钟晓阳的《流年》、联文版的《喜福会》、王瑶先生的《中国新文学史纲》，甚至有一本二十世纪五十年代出版的丰子恺《绘画鲁迅小说》，品相十分地好。后来这间店，大约也关了门。

山脚的德辅道是电车道。电车也算是香港的一道景致，一九〇四年开通迄今，竟有一百多年了，缓缓来往于港岛北的坚尼地城至筲箕湾，还在做着实际的用途。这车在香港人的口中又叫作"叮叮"，是它行动时的声响。响起来，大约就是张爱玲说的"市声"。可电车声在上海却是听不见了。这车是谈不上效率的，所以车上除了观光客，便是些师奶与孩童，一律都是怡然的神情。沿着海，"叮叮当当"地驶过上环，再进入中环、金钟。"中环速度"也便在这声音里不情不愿地慢下来了。搭乘这车，会闻见浓郁的海味，这是海产街上的气味，来自鱼翅、海参、花胶与其他干货。绕过梅芳街，上了荷里活道（Hollywood Road），便有了另一番天地。

这条道路的起源，是因早年种植在路旁的冬青树名，又有一说，holly 其实是一种榕树。无论如何，也是早于美国"荷里活"的产生。

曾经陪一个朋友，是王家卫的粉丝，专程来这里朝拜《重庆森林》里梁朝伟的住处。只是行人电梯附近很普通的中式唐楼。朋友不免失望，说相见不如怀念。这条街的声名，其实叫作古董街。错落着几十间极小的铺头。风格则一律是清幽的，又有烟火气，有点像南京的朝天宫，又整饬一些。没事的时候，我倒喜欢在这里逛一逛。东西多半是 Chineseness，中国风，浓到化不开的。卷轴、陶瓷、漆器，都老旧得很。曾经看到一只紫檀木的明式小圈椅，手掌大小，细节入微，让人爱不忍释，价格亦甚为可观。倒是友人新婚，在这里买了两只葫芦，说是放在房间里作辟邪之用。葫芦上烙着一个人形，问起来，说是龙门派的王常月。这一派由丘处机所创，后来式微，到了王再复兴，已隔了几个世纪。若论辟邪的功力，恐怕也减去几成了。

年轻的也是有的，但依然是老调子。在这街道的拐角处，坐落着一间"住好啲"（G.O.D）。本土设计师杨志超造出了生活的又一重海市蜃楼。老旧的印花布底裤，二十世纪六十年代的铁皮水壶，发黄新闻纸图案的布艺躺椅，让人恍若隔世，却是二十一世纪新新人类的心头好。拐角里摆着本土的艺术杂志和《诚品好读》。每次去，总要翻上一翻。也就忍不住买上一两件东西，因为它们摆在那里恰如其分得如此悦目。但买回去，却成了零余品。别看这表面灰厚的风格，却有着锋利的构思。这间家用品店被警方前后检控过两次，一次是二〇〇四年时候推出"Delay no more"字样的产品，因为和粤语的粗口谐音，犯了众怒；一次是二〇〇七年，因为检获印有"拾肆K"字样的衬衣及明信片，涉嫌有关三合会社团14K，是成心要和社会不和谐。

和谐的也是有的，到了中环皇后大道中，几间老字号，各据一方，各安其是。士丹利街的陆羽茶室，黑色的老吊扇，仍然缓慢地旋转。将时间转慢了，将香港人的心也转慢了。咬上一口蚧黄灌汤饺，喝上一口普洱，便不知归去。世人都说神仙好，唯有"莲香"忘不了。慕名来的，先都失望，都说破落。待吃上一口贵妃鸡，便都说来对了。来对了，便再要来，却见它越发破落了。再看威灵顿街上，"镛记"的排场是大的。朋友来香港，点名要吃这一家。例牌是烧鹅，好吃的却是顺德三宝、清水牛腩。

这里靠德己立街已经很近了，窄窄的一条弯道，就进了兰桂坊。于我而言，这实在是个应景的地方，如果不是新年倒数，如果不是郁闷太甚，平日对汹涌的人潮避之不及。鬼佬、中产、猫三猫四，出出没没。倒是也有好地方，有一间极安静的酒吧叫Milk。或许也是生意不好，居然在热闹里渗出清冷来。一个面目严肃的菲律宾歌手唱着 *Love Me Tender*。歌声也是清冷的。

后来，终于从山道上搬了，搬进了规整的校园区。忙于研究与论文，这些地方便也很少去。去得少了，心思便也淡了。后来就像是没了瘾。先是在研究生堂住，前见海，后见山，是极其好的清静地。在这里，我开始写我的长篇小说《朱雀》，也是恰逢其时。此后搬到叫作STARR的校舍。楼层住得很高，也面海，竟可以看到驻港部队的空军演习。对面是何东夫人堂，男学生经常情不自禁地望过去，是间女生舍堂。我看到时，早已翻了新。旧时的格局是可笑的贵族风，房内两张床，一张是女学生的，一张是给随行的女佣。后来终究要拆，拆之前也依恋。张婉婷便说，那好，我来拍一出戏。便是《玻璃之城》。都说舒淇将港大女生演绎得惟妙惟肖。败笔是黎明，港大的男孩子，可没有这样老实头的。

这些男孩子们，精力都旺盛得很。平日再跋扈的，却也要做舍堂文化的螺丝钉。半夜里，听到敲门声。然后是怯怯的声音，央你喝一口他们煲的"楼汤"，你喝了一碗，便是欣喜得连声道谢，反让我不好意思。我是这层里唯一的研究生，是受礼遇的。不受约束的还有一个是非裔交流学者，据说来自剑桥。还保留着乡风，最喜裸着身体穿过走廊，走进洗澡间。边洗澡边大声地歌唱，唱的也是乡音乡调。浪里黑条，有哗哗的水声，若是和上非洲鼓，便是现场的民俗风情秀。听多了，便不再意外。后来他走了，整个楼层，便无可挽回地寂寥下来。

再后来，也曾在东区的海滨小住。所以看到的海，多半是那里的。时常带了小狗去游水，它爱海水的程度，简直如同半尾鱼。

黄昏时候，市区中心的海岸，看得见依岸而泊的小艇。艇上是各色刚刚捕捞上来的海鲜。海蜊、生蚝、象拔蚌和红杉鱼，都整整齐齐地搁在桶里。船娘卷起裤管站在船上，微笑地看着你，等着你挑拣。脸上是海水在余晖照耀下的光影。远处海天一色，交汇处有火红燃烧的云在流动，很美。

大约有家的感觉的，还是现在的住处。和日常相关，每天下了班，回来了，便是这个地方，仿佛一个若有若无的盼头。然而去年的时候，叶老先生去世了。高寿九十二。隔壁的单位，便空了许久。过年的时候，搬进来两个年轻人，据说是先生的侄孙夫妇，面貌都很和气。男的戴着眼镜，斯文地笑。女的干练些，搬家的时候，似乎独当一面。二人形容勤勉简洁，是典型的香港人的样子。周末的清晨，隐约响起的是容祖儿和郑秀文的歌声。京胡和《法门寺》的唱段，是再也听不见了。

城池

夏夜，走进了长江路上叫作"1912"的地方。这地方，有着相当朴素的面目。外观上，是一个青灰与砖红色相间的建筑群落。低层的楼房，多是烟色的墙，勾勒了泥白的砖缝，再没有多余的修饰，十分平实整饬。然而，在它的西面，毗邻着总统府，又与中央饭店遥遥相对。会让人不自觉地揣测它的渊源与来历。这里，其实是南京新兴的城市地标，也是渐成规模的消费社区。"昔日总统府邸，今朝城市客厅。"商业口号不免降尊纡贵，内里却是亲和恳切的姿态。民国风味的新旧建筑，错落在你面前，进驻了"瀚德逊河""星巴克"与"粤鸿和"。

一九一二，是民国元年，也曾是这城市鼎盛过的时日。境迁至今，四个鲜亮夺目的阿拉伯数字，坐落在叫作"博爱"的广场上，成为时尚的标记。通明的灯火里头，仍有寂寥默然地矗立。或许这矗立本身已经意兴阑珊，却是言简意赅的附会。这附会的名义，是"历史"二字。

葛亮　小山河

许久前，在一篇关于南京的文章里，我这样写过：

> 这个城市，从来不缺历史，有的是湿漉漉的砖石碑刻供你凭吊。十朝风雨，这该是个沉重的地方，有繁盛的细节需要承载。然而她与生俱来的脾性，总有些漫不经心。你看得到的是一个剪影，闲闲地背转身去，踱出你的视线。你再见到她时在落暮时分，"乌衣巷口夕阳斜"，温暖而萧瑟。《儒林外史》里头，写了两个人，收拾了活计，"就到永宁泉茶社吃一壶水，然后回到雨花台来看落日"。

如今，回头再看这段文字，却令自己汗颜。这文字言语间虽则诚实，却不太能经得起推敲，是多少带着浪漫主义色彩的浮光掠影。事实上，"历史"与这城市唇齿一样的关联，并非如此温情脉脉。在规整的时代长卷之下，隐埋着许多断裂与缝隙，或明或暗，若即若离。

当年，诸葛亮铿然一句，"钟山龙蟠，石头虎踞，此帝王宅也"，言犹在耳。李商隐便在《咏史》里唱起了对台戏："三百年间同晓梦，钟山何处有龙盘？"一语问到了伤处，因为关乎的便是这断裂。三百年岁月蹉跎，历史自是繁盛。然而，孙吴至陈，时局变动之快、兴衰之频，却令人扼腕。

说到底，这是座被数次忽略又重被提起的城市。历史走到这里不愿绕行，总是有些犹豫和不舍，于是停下脚步。世转时移，还未站稳脚跟，却又被一起事件，甚至一个人拉扯出去了。关于这其中的更迭，有许多传说，最盛的自然事关风水。峥嵘的王气，是招人妒的。楚威王在幕府山下埋了一双金人，秦始皇开挖秦淮、掘山断陇，都是为打击这"气"而来。政治肥皂剧甫一落幕，这气便也"黯然收"了。"玉树歌残王气终。"你所看到的沉淀，其实也都是一些光影的片段，因为薄和短促。只是这光影累积起来，也竟就丰厚得很。

想一想，南京与历史间的相濡以沫，其实有些不由衷。就因为这不由衷，倒让这城市没了"较真"的兴致，无可无不可，成就了豁朗的性情。所以，你细细地看，会发觉这城市的气质，并非一脉相承，内里是颇无规矩的。担了数代旧都的声名，这城市自然风云际会，时日荏苒，却是不拘一格。往远里说，是王谢乌衣斜阳里，更是盛产六朝士人的风雅处。民国以降，几十载过去，在喧腾的红色年代竟也诞生了做派汹涌的"好派"与"屁派"，豪犷凌人起来。其中的矛盾与落差，看似荒诞，却大致标示了这城市的气性。

给这气性下一则定义，并非易事，但用一个词来概括，却也可算是恰如其分。这个词,就是"萝卜"。一方水土一方人。这词原来是外地人用来褒贬南京人的。萝卜作为果蔬,固然不是南京的特产。然而对萝卜产生地方认同感的,却唯有南京人。龚乃保《冶城蔬谱》云:

> 萝卜,吾乡产者,皮色鲜红。冬初,硕大坚实,一颗重七八两,质粉而味甜,远胜薯蓣。窖至来春,磕碎拌以糖醋,秋梨无其爽脆也。

这则描述的关键词,在于"大"与"实"两个字。外地人便引申出来,形容南京人的"木讷,无城府和缺世故"。南京人自己倒不以为意,将之理解为"敦重质厚"。这是不错的心态。的确,南京人是不大会投机的,说好听些,是以不变应万变。南京人对于时局的态度,多半是顺势而为。大势所趋或是大势已去,并非他们考虑的范畴。因为没什么心眼儿和计算,与世少争,所以又渐渐有了冲淡平和的作风。"菜佣酒保,都有六朝烟水气。"由是观,"萝卜"又是荤素咸宜的意思,说的是人,也是说这城市的开放与包容。有关于此,前辈作家叶兆言,曾引过一则掌故,说的是抗战后南京征选市花,名流们各执己见,梅花、海棠,莫衷一是。终于有人急了,打岔说代表南京的不是什么花,而是大萝卜。这段子引得令人击节,忍俊不止处,却也发人省思。

以上种种,于这城市性情中的丰饶,其实不及其一。作为一个生长于斯的人,若非为要写《朱雀》这部小说,也不太会着意地深入了解与体会。这大概也是一种带着"萝卜气"的习以为常。

虽然在外多年,每次回到南京,从未有过近乡情怯之感。但还会生出一丝踌躇。因为,南京也在变迁,只是步子和缓些。新街口的市中心,有了林立的高楼与喧腾的商圈。因为城市建设的缘故,中山东路上法国梧桐蔽日的浓荫,也日渐有些稀薄。关乎记忆的,还有和年少时老友的约见,谈起一间叫作"乱世佳人"的酒吧。这酒吧坐落在湖北路上极偏僻的地方,在年轻人中却有着不变的声名。依稀记得仄仄弯转的木楼梯,闪烁于其间的,是蓝紫色的光影。如今,却也在"1912"开了分店。分店有着阔大的店面,几乎可以用"堂皇"来形容。口碑依旧,因此却有了"大小乱"的说法。"先大乱,后小乱"是近年流传于南京青年人口中的经典,出处是本地的一个说唱乐队的作品。这句话一定要用南京话来念,才口味地道。千变万变,南京话的鲁直是不会变的。

这城市的"常"与"变",犹如年月的潮汐,或者更似暗涌。当有一天我倏然发觉,自己写的小说,正在这暗涌下悄然行进的时候,已过去了许多时日。在此之前,我时常敬畏于这城市背景中的丰盛与厚重。以至于,开始怀疑文字微薄的承载力。极偶然地,外地的朋友,指着一种牌子叫作"南京"的香烟,向我询问烟壳上动物的图案。那是一头"辟邪",之于南京,是类似图腾的神兽。朋友被它敦厚而凌厉的神态吸引,兴奋地刨根问底。问答之下,我意识到,他的很多问题,是我从未设想过的。是因为惯常于此,出于一个本地人的笃定。我突然醒悟,所谓的熟悉,让我们失去了追问的借口,变得矜持与迟钝。而一个外来者,百无禁忌,却可以突围而入。于是,有了后来的寻找与走访,以一个异乡人的身份。在原本以为熟识的地方,收获出乎意料,因为偏离了预期的轨道。一些郑重的话题,在我的同乡与前辈们唇间,竟是十分轻盈与不着痛痒。他们带着玩笑与世故的口吻,臧否着发生于这城市的大事件与人物。偶然也会动情,却是因一些极小的事。这些事是无关于时代与变革的,隐然其中的,是人之常情。

这大约才是城市的底里，看似与历史纠缠，欲走还留，却其实并不那么当回事，有些信马由缰。在靠近幕府街的旧宅子，一个老先生给我看了张照片。那照片用云锦包裹着，肃然间，打开了，暗沉的房间里头忽然就有了生气。上面是一对年轻人，在泛黄的背景上紧紧依偎。男的头发留着规矩的中分，身穿戴着毛领子的皮夹克，是老派的时髦，表情却明明是稚气的。女孩子更年轻，紧紧执着男子的手，疏淡的眉目将笑意包裹，终于又忍不住似的。

　　他们的脸让我如释重负。

　　始终需要心存感恩的，是这城市的赋予。

腔调

多年前,有个叫"D-EVIL"的南京 Rap 团体在国内走红,他们的成名曲目叫作《喝馄饨》,里面有很著名的一句念白:"阿要辣油啊?"

随着这首 Rap 的盛行,全国人民对南京话的印象都是这一句。即使在香港,碰到新知旧雨,知道我原籍金陵,都会很热情地调侃,阿要辣油啊?

这短短的一句,要念出韵味,殊非易事,要带着"萝卜味儿"来,节奏感很重要。"阿"是短促的入声,"油"则要念得回味绵长。这一抹乡音,犹在耳畔,其中的冷暖,闻者自知。

说起南京这座城市,浸染千百年的历史烟雨,是公认的风雅。吴敬梓先生说的,"菜佣酒保,都有六朝烟水气"。即使下里巴人,收了工都要跑去雨花台看落日,这城市可算文艺到了极点。可是南京话却常常叫人笑话,大约听起来语调莽直,又带着一点颟顸,和风雅多少有点不衬。听过人投诉张艺谋导演的《金陵十三钗》,里头的名妓说城南的老南京话。秦淮脂粉，衣香鬓影，顾盼生姿。一开了口，乖乖隆地咚，一下子都变成了市井大妞，也是无奈得很。每每外地朋友说起南京话的"土"，我便很想为其正名。依现代的语言审美，南京话也曾悦耳过。往远里说，六朝以前，南京本地通行的是吴地方言，近乎"苏白"。五胡乱华、衣冠南渡后，东晋定都南京。南北朝汉人口大批南迁，带来中原洛阳雅言。洛阳雅言流行于上层社会和知识阶层，又称"士音"；而并存的金陵本地居民语言吴语则称"庶音"。这一来在南京，语言就成为划分阶层的标志，前者有点类似英国的 RP 音（Received Pronunciation），很贵族高冷。颇有家世的当朝首相卡梅伦都不敢说，怕在民间丢了选票，不得不对自己的上层口音做出改良。好了，语言分化的确不利于团结，洛阳雅言和吴语逐渐融合成为一种新的口音，叫"金陵雅言"。这就十分接近现在的南京话了。由此，金陵雅言以古中原雅言正统嫡传的身份被确立为中国汉语的标准音，就此成为中国的官方语言。明代及清代中叶之前历朝的中国官方标准语均以南京官话为标准。从声韵学的角度，南京官话有入声，分尖团，分平翘，是传承中古音最完美的官话，其影响之深远，远至海外。几百年来周边国家如日本、朝鲜所传授、使用的中国语皆是南京官话。明清时期来华的西方传教士所流行的也是以南京官话为标准的中国话，传教士麦嘉湖称官话以"南京腔为各腔主脑"。及至民国初年西方传教士主持的"华语正音会"，也以南京音为标准，甚至十九世纪七十年代美国最初的汉语教学也是基于南京语音。清末编审国语及民国确定新国音以后，北京官话成为中国官方的标准语，南京话作为"国语"才渐渐退出历史舞台。

经历这一番"必也正名乎"，有朋友就要说，当年是国语如何，做过普通话又如何，南京话还是"土"。在我看来，"土"与"雅"实在也是见仁见智。《红楼梦》雅不雅？可是里头的南京话，据金正谦的考辨，八十回里有一千两百多处，且用得丝丝入扣，毫无违和感，尽显鲜活与淋漓。少年迁京，南京话仍是曹雪芹的母语。关于《红楼梦》与南京的关系，叶灵凤写过专文，在这里就不说了。就只说南京话，精彩已不胜枚举。举个例子，第二十四回里便出现了这么一段："贾芸听他韶刀（叨）的不堪，便起身告辞。"南京话说啰唆唠叨，只一个字，叫"韶"，精当之至。要说《红楼梦》里头的老南京，皆出身金陵世家史侯。一是傻白甜史湘云，"爱哥哥"叫得一个热闹；一便是女王范儿的老贾母。以贾母在这家里的地位，向来不怒而威。可真要动了怒，骂起人来，便活脱就是个嘴尖舌利的南京老太太。第四十四回王熙凤因吃醋和贾琏闹纠纷，向贾母投诉。贾琏负荆请罪,贾母骂起孙子来是丝毫不口软,啐道:"下流东西,灌了黄汤,不说安分守己的挺尸去,倒打起老婆来了!"南京人常把喝酒戏称为"灌黄汤",骂人时把睡觉说成"挺尸"。这个乡俗口气,顿时让贾母的形象大大地接上了地气。说起南京的粗口骂人话,源远流长。贾母的泼辣鲁直,曾在公交车的售票小姑娘身上,依然薪火相传。有关于此,我在长篇小说《朱雀》里写到过:

> 难得南京话里的骂人话,句句都是掷地有声。含义里是透彻骨髓的怨与怒。说多了,融到了说话人的字里行间去,也融到了这个城市的血脉里去。这些肮脏的字眼,就好像这种方言里的"之乎者也",镶嵌进去,倒是成就了一番韵味。没了它们的南京话,是不地道的南京话。在南京话里,"好得一逼",就是 pretty good。你习惯了它,也明白了它的用途,并没有这么刻薄与怨毒。也就晓得,有时候,它不过是作为句读或者语助词。它像是情绪的催化剂。有了它,表达的快乐是加倍的快乐,表达的亲热也是加倍的。比如,你说一个"好"字,远没有说"好得一逼"这样淋漓而由衷。

当年曹雪芹的一缕乡情，流泻笔端，倒替现代南京话保留了许多遗迹。《红楼梦》里头写到的"孤拐"（颧骨）、"马子盖"（即"马桶盖"，儿童的发型）、"小杌子"（没靠背的小板凳），如今大约除了老一辈，年轻的南京人已经不懂什么意思。南京话与许多方言一样，也在走向式微、凋落。不过，我常感慨历史的强大与曼妙，南京与南京话有它的幸运之处。前两年，我专程去了一次黔西腹地，去寻访安顺当地一支奇异的部族，屯堡人。这部族也称"京族"，在贵州这少数民族云集的省份，他们保留着完整的汉民族习俗。与其他民族不通婚，与外界交流也不多，在语言、服饰、饮食、信仰、民居建筑及娱乐方式等方面与周围本土村寨截然不同。究其缘由，他们世代相传："应天府乃我故乡，有我族人，有我良田美宅。"他们的原乡，便是南京。一三七一年，明太祖朱元璋封傅友德为征西大将军，率领三十万大军自南京抵达今贵州安顺地区，成为大规模进入黔西的第一批汉人。这些汉兵主要来自以南京为中心的江南一带。紧接着太祖又下令将留戍者的家属全部送到戍地，卫军就地屯垦，七分屯种，三分操备。一留便是六百年，外界世异时移，这里却犹如历史的定格。屯堡人有自己的顽强坚守，在这偏远的贵州腹地，复制与传承着自己念念不忘的江南风物。他们成为古南京的化石，这化石的肌理中，当然也包括语言。遵循"离乡不离腔"的祖训，依然是明代的江南口音，与昔日的老南京话同声同气。

在一处四合院的厢房里，我面前坐着一位身着天青蓝的老太太。阳光透过镂空格窗在她身上投下光影。她的神态安详宁静，和我用一新一旧的南京话交谈着，竟没有障碍。临走的时候，她对我说，她七十二岁了，从未出过天龙屯堡。她知道南京很远，但她很想去南京看一看，和与她一样老的人说说话，或许这辈子，就心满意足了。

葛亮

小山河

气味

魁北克的一个夜晚,不期然地看到一间小酒馆,名字叫作"La Maison"。阑珊的灯火里头,谈笑的乡人,似都为了点题。

城市,因在成长中未曾离场,成了某种导引。它有着陈旧而温暖的色彩。斑驳陆离,在这纹路之间,却如同符咒,令人欲罢不能。

在文字的版图上,"他城"即"我城"。因为一年间的经过。重读王军的《城记》,又与长辈朋友谈起,说的是二十世纪五六十年代的况味。是人生,也是民生。民生却是建筑与规划的大计,梁思成、林徽因、陈占祥与华揽洪,在北京的城建史上留下了清晰迫真的轨迹。这本书写得很好,也翔实,至今未有湮没在记忆里。所以读起北岛的《城门开》,"要用我的北京否认如今的北京",格外体会得出其中痛楚与伤感。这种伤感十分具体,渗透至个人的成长,丝丝入扣,寒暖自知。北岛以"异乡人"称呼自己,并非近乡情怯,而是时代的脉络,早已无以为据。无独有偶,等航班时买了本舒国治的《水城台北》，又是一惊。文中写道："四十年来台北最大的改变，我以为可得一句话：由水城变为陆城。"我于台北，是个实在的过客。中正路、温州街、士林夜市或者是师大路上灯火幽暗的小酒吧，似乎没有领略过水巷阡陌的点滴痕迹，也就忘记了台北曾是盆地之城的历史。然而，舒文的点醒，似乎让人在心生遗憾后，是无尽的落寞。这是你永远看不到的城市的相貌，甚至无从回忆。旧的终究会去，但去得如此彻底与完整，仍让人无法释怀。香港又何尝不是？消逝的"九龙寨城"是时光的遗留，曾灶财的墨宝被增设了玻璃护栏，引为文物。然而，大的改变的步伐从未停下。我这一代香港人已足够幸运。再年轻些的，在"拥挤"、hybrid（混合）与 cosmopolitanism（世界主义）等词语所建筑的生活格局中生活，终于以填海项目为常态。大概已难以想象维多利亚港湾，曾也港深水阔，可以容纳五十艘万吨巨轮的历史。那会是一个什么样的城市？

《城门开》与《水城台北》，不约而同都谈到了声音与气味。城市对感官的刺激，永远如影随形，挥之不去。舒国治说得诗意，北岛则有直接的表达："人像狗。要不那些老华侨多年后回国，四顾茫然，张着嘴，东闻闻，西嗅嗅——寻找的就是那记忆中的北京味。"五味杂陈，万籁在耳，都是家的痕迹，哪怕是不清洁的甚或刺鼻的。

葛亮

小山河

历久之后,弥足珍惜。说起南京的味儿,大约总会想起湖南路上,有一间"金春锅贴饺"。或是西桥一间店铺的梅花糕,多半与我童年时的奖励相关。在我离开这城市的数年里,氤氲不去,很是奇异。我也曾在其他很多地方吃过锅贴,总觉得味道及不上,大概就是此意。

还是城市,香港,从我工作的地方到住处,有许多重复的景致。他们往往与都市的脉络——地铁相关。临近地铁站,有一间法国婚纱店。门口,通常有衣着简洁的摄影师,喂一只黑色的猫。无论店内外衣香鬓影,他心无旁骛。有时也有其他的野猫来,门口就热闹得有些过分。黑色的是家猫,不认生,但始终是胆怯。有些试探,又有些躲避。野猫不明就里,不知道这是好奇的表示。以为它是要来争食,先是警戒。然后喉头发出很低沉的咕噜声,这是进攻的信号。那只黑猫,便这样被排除于自然的同类之外,继续孤独地做人类的伴侣。

另一个站口,常有一些童子军或环保组织在募捐。贴一只标签,作为你善意的证明。有一些党派的宣传招贴,或激进或平和的演说。行人多半不会为此而驻足,观望一下,就又走开了。临近有一家蛋糕店,生意并不怎么好。在熙攘的人群中,显得有些落寞。但店员的表情一律是柔润可喜的,是一种职业的习惯。

地铁的行进，会经过一些不变的街景。变的是大幅的户外广告。佳能的打印机，葛民辉鬼马的脸。他是一个演员，抑或是这个城市的某种象征。芸芸众生中的一个，过平凡人的生活，乐观务实，偶尔受得委屈，审时度势，又带有一些孩童气。这些是天性，也是修炼。在这城市百年的成长中，慢慢凝聚起的性格。途中也会经过一些工业大厦，原先是废弃了许多时日的，因为政府的"活化"政策，便以低廉的价格，租给了并不富裕的艺术家们。这里就成了他们的工作室、排练厅。你可以透过落地的玻璃窗，看到一些舞动的人影；或者在好阳光的照射下，斑斓绚绮的丙烯画。有的画家，会将自己的作品，直接喷在窗户上，让你知道，他们多半在为自己的事业自豪并乐意分享。也有一些剧团，将演出的剧目、时间、场地的资讯也借此公布，等于是一种广告。这便是现实的考量了。

有间云南小餐馆。也是时时帮衬的。陈设是带着异地风情。赤红的墙和傣地风灯。招牌是饵丝与过桥米线，可选配料有云腿、白肉、冬菇、鱼片。也有羊乳扇、牛干巴这样的地道滇食。店面虽小，却为热烈的味道所充盈。老板娘是个利落人，说普通话。帮手的儿子还在读书，便讲得好粤语。金色头发，却并不是叛逆的性情，态度很和顺。老板娘问他，弟弟，几时去补课？他说，要走了，一阵交电话费,用八达通还是散纸?

地铁的那一端,总有年迈的老人在卖钵仔糕。他并不和你交谈,你若看上了一件,他便戴上塑胶的手套,为你捡出来。装好,插上一根竹签,放在一个纸袋里。纸袋里依稀有清冽的豆香气。他在这里,已经卖了三年,而今终于每件涨了五角钱。一个台风天后,他没再出现。过了半个月,看到昏黄灯光里的人影,松了一口气。

春色

谈起香港这城市的春天,总有一些言未尽意。

它没有突然而至的感觉,大约因为冬天的慈悲,留下些经年绿意。春天便从这陈旧的绿里层层叠叠地渗透出来,像是岁月的羽化,于不觉间将这城市点染。

因为来得无知觉,待感到了它的存在,人们反有些猝然与茫然,这多半体现在衣着上。老人家还记得"春寒三分冻"的古训,裹了厚线衫,身形瑟缩。后生仔则已经上了短打。乱穿衣的情形,在居港的西人身上,则发挥到了极致。夸张的,上身是件羽绒褛,下身则是齐膝的短裤,趿着夹脚的拖鞋,施施然地走在大街上。

街景则不会有大的变动。这城市号称石屎森林,因为多的是屏风楼,于是又是一座围城。四月复活节一到,人们便争相往外走。去京都看看樱花,去巴厘岛叹叹云白沙幼。倒是会玩耍的外籍人,更说得出本地的好景致。说起来,这城市的面积不很大,一千多平方公里,倒有八成是山地。所以论起真,这其实是座山城。当时修地铁,让英国人多下了很多功夫。有人就说，"以前住在美东，想带孩子去爬爬山，开车倒要两个小时。现在真是所谓开门见山"。何其壮哉。虽无太行王屋的规模，倒也很有远山如黛的想象。这山错落在钢筋水泥里，有些委屈，但还是尽责地一层层次第地绿开了。

那就走远些，米埔的红树丛，莲澳风水林，总有整片的绿，无遮无碍。再到了元朗，除了绿，又多了黄。是油菜花，也是整片的。浮在山前，海一样，明亮地晃眼睛。颜色多了，人迹便少了。眼界也清澈了一些。

山是山，水是水。若在城中，中环的人是没时间的，中午携着汉堡，也够去香港公园走上一遭。从红棉道的后门进入，多半会遇到穿着婚衣的年轻人。左拥右护的是摄影师和助理，镁光灯和遮光板。幸福间总有些仓促。在这里选景，为了闹市里的一池水。偌大的池塘，是绿的。要起了诗意的联想，便是"吹皱一池春水"之类。但因为是公园，便和冷寂的情调有些隔膜，特别是小孩子的叫闹声。因为池中有一些突起的岩石，上面竟趴满了巴西龟。大的如盆状，小的只如指甲。原本是城中人放生的，多年的繁衍，有了如族的规模。携妻将雏，看起来，比人更怡然些。人看着它们，倒是客，不免心生艳羡。池中还有一头天鹅，翅膀做过手术，是破败的，飞不起来了。原本有两只，雌的殁了，留下这雄的，形单影只也很多年。毛色已有些晦暗。平日里曲着颈子，郁郁地游。这一日，却破天荒地昂然叫了一声。声音有些瘖，有些艰难，与体态的优雅不很相称，却让听到的人感动，大约也是因为春朝的好风日。

若要看阔大些的水，自然还是要远些。在筲箕湾坐巴士，到石澳。海风吹面不寒，人也不多。倒是有一群学生熙攘地走过来，去滩上烧烤。远处的浮台，这时候是没用场的。究竟还未入夏。滩堤上的店铺一色的生意萧条，用港式的表达，则是闲得"拍乌蝇"。店主坐着，无可无不可的神气。

越过沙滩，有个小镇，倒是有些生气了。疑似一个小欧洲。两三层的小楼，却是风格各异，有些百家争鸣的意思。外墙都刷了明亮跳脱的颜色。海蓝，赭红，橘黄。白色的木栅上，垂挂着常青藤和茑萝，是浓绿的。有一双眼睛透过缝隙，看着你，是个幼童。走近了，他就蹒跚着跑开了，嘴里咿呀地说着辨识不清的话。墙头上是一只灰色的苏格兰折耳猫，阴沉着脸，趴在阳光里。见人来了，就抬一下眼皮，摇一摇尾巴，算是打了招呼。

沿着小径往上面走，渐渐视野阔朗起来。有一些更大规格也更整饬的房子，颜色也低调了许多。活泼的意味是没有了，多的是庄重。

葛亮

小山河

最尽头的一座，说不出是堂皇还是朴素。先看到顶上的琉璃瓦，却又支着巴洛克的柱，雕画着龙纹。柱础却是十分简单，是中西合璧的混搭风，一如这城市的气质。屋外的冬青修剪得很整齐，将这建筑勾勒得更为肃穆，让人想起《浮世画家》中杉村家的老屋，有些不明所以的隔绝，不太亲近。

绕过这屋子，又有一处祠堂。眼前渐有了古意，颇有些曲径通幽的意思。这幽深通往的，却是豁然的一片水。于是看见海了。在赤红色的岩石间，水有些奔突之势。但并不汹涌，远远又是一座绿色的栈桥。是新修的，连接了陆地和岛。因为连接，岛也不再孤寂。有一些新绿。来了一些人，也并不很多。这里是一处攀岩的胜地。探访的是崎岖，他们看到的海，也必是不同的。

比起石澳，游客所熟知的是大澳。一字之差，景象各异。后者顶了东方威尼斯的盛名，其实有些潦落。你若说名不副实，也并不过分。但乘着春意，还是有好看的地方。在镇上走过，处处看到金灿灿的虾干，在阳光里辉映。走得深些，也能看见些乏人问津的巷弄，由叠石垒成的墙，阔而高的原住民的屋宇。里面不知是什么样的所在。再往里走，又热闹了些。居民虽隐而不现，却很见得人气。有一户门外，郁郁葱葱种了许多的植物。窗下却吊了一盆，紫色的花卉。形状奇异,开得正丰盛。旁边却挂着一个纸牌,用不甚规整的字体写着"此花名叫宝莲灯",让人不禁莞尔。大约是问的人多了,主人有些不胜其烦;又或者是培育得好,有骄傲之意。

在这四月,要说看人的去处,还是要数长洲。因为月底是一年一度的太平清醮。包山总是要抢一抢的,飘色也值得一走。一年的运数,似乎就在这一抢一走之间,不知不觉地全都到来了。

巫问

那年的夏天，一个人在越南旅行。从下龙回到河内，在三十六行街的周围游逛。不同于香港中西之间的水乳交融。河内是这样的地方，法殖不过是匆匆的一笔。Banh Mi 是错落于日常的平民食品；歌剧院大而无当，与周遭格格不入。视线所及，不乏经年而些许落拓的印记，但有一种源于自尊的收敛。满街的摩托车，驾车者生着黧黑的皮肤与深凹的眼睛。聊胜于无的交通规则，街上的人，是无可无不可的神情。这是一个有性情的城市，不取悦谁。我能做的，只是继续闲逛，打发回程之前的时间。

在一个类似大市场的地方，看到了一处庙宇。事实上，东南亚有许多的庙宇，大多远不及中国的形制庄严、阔大。他们往往寄身于寻常巷陌，成为司空见惯的住家风景。四周又十分地热闹，有点大隐隐于市的作风。这类在泰北看了一些，毗邻四面佛，有华人的天后宫、妈祖庙。你感受不到香火和善男信女的存在，因为实在已融入了一团热闹当中。越南这样的庙宇不多，我不知是否与这个国家的历史建制有联系。至少在后胡志明时代，我还是对它发生了兴趣。这个庙与之前见过的，还是不太一样，它挤迫在民居中。在这样的闹市，冷清是很容易被遮蔽的，但它还是显出了寥落来。门口有一副汉字写的楹联，已经旧得发白。门柱也十分斑驳，但有意思的一点，是它的柱础。在我有限的建筑学知识里，莲瓣覆盆式柱础源于唐宋，如若不是后仿，这间寺庙便有一段不可小觑的渊源。

我于是决定进去看看。这时出来一个青年，头上梳着发髻，穿着长袍。他走到门口，将一盆水小心地洒在门前的石板地上。暑意升腾间，那水迹很快干了。做完这些，他擦了一下手，然后掀开长袍，拿出一只手机开始打电话。我这才明白，这是一所道观。他对我点一点头。我走进去，发现这间道观的内里并不似它的外观那样潦倒。里面颇有些曲径通幽的意思。洁净，同时安静。主殿里供着三清，右侧的药王殿，则供着孙思邈。格局自然都不大，但是一应俱全。香火不盛，但廊檐上垂挂着盘香，幽幽地散发着气味，竟有些冷冽。我就是在这时候听到了一些声音，极似一个人的呜咽。好奇心令我走过去，发现是在偏殿里，围坐着几个人。而被围着的，正是刚才看到的年轻人。他似乎化了妆，脸颊上有极滑稽的两团红，神色却肃穆得很。他阖着眼睛，口中念念有词。不是一般的诵念，而是类似于某种吟哦，是带着哭腔的歌吟。这样唱了一会,他低下头,再慢慢抬起来,开始絮絮地说话,说的是越南语,我听不懂,但却可以感受到语调上的激越。围坐的人里头,有一个年轻女人开始和他对话,开始神态未免低声下气,后来就有些要争论的意思。半晌,青年变得轻声细语,渐渐沉默。女人也平复下来,又捂住脸庞,发出细隐的哭声。这时候,却看到青年身体忽然战栗一下,头垂了下去。一会儿,抬起头,眼色清明,不似之前的面目。他忧心忡忡地看那女人,目光却十分陌生。

我当时并不知道这是什么仪式,只觉得表演性极强。暮色渐深,无心逗留,就走出去。又逛了一会儿,在一个卖法包的小摊子前停下,向一个老妇人打听名字以"L"开头的餐厅在哪里。老妇显见是不懂英文的,只是反复地说明一只法包的价格。这用广东话叫"鸡同鸭讲"。此时一个声音响起,我抬头一看,正是刚才那个青年。头上的发髻没有了,穿着汗衫牛仔裤,脸上有几分笑意。比起老妇,他的英文并不见得更好,说出的地址又很陌生,我依然云里雾里。忽然他说,你懂中文吗?我点点头,他就拍拍胯下的摩托车,说,我顺路,带你一程。我上了车。他和我聊了起来,无非是对一个旅行者关于本地风物的介绍。我听出他的南方口音,问起他。他说,是浙江人。我自然意外,告诉他我的老家是江苏。他似乎有些高兴,说,那是大老乡了。到了餐厅门口，我说，老乡见老乡，不如一起吃个饭吧。他也没有犹豫，就停下车跟我走进来。我点了一些招牌菜式，他说，以你为主，我吃素。就只点了一客米纸，和捞河粉。边吃边聊。我说，我刚才以为你是个道士。他笑笑，就从包里，拎出一只假发，用手指理一理，说，我不是，这是道具。我问，你刚才在干什么？他说，问米。

　　风驰电掣般，我想起这个词并不陌生，是岭南一带的招灵仪式。在我的印象中，从事这行业的，往往是年迈的妇人。她们与鹅颈桥下打小人的婆婆并无两样，只不过后者的咒怨感，更具有某种道德鞭笞力。而且，对民间的巫术，人们往往带有着不确信的联想。这一点上，中外似乎并无大异。我们这一代的中国人，向是天然的唯物主义者。且不说"五四"与"文革"的两次历史变动，即使是成长过程中受到的教育，也已法度谨严。由渊源观，王充一脉，"在人不在鬼，在德不在祀"。想想也对，万物有灵，也是生前。功成万骨枯，尘归尘，土归土。然而，终究有人要做生死的连结。原是因为不甘心。生者的不甘，寄托给了逝者，便成了鬼。*Ghost* 里乌比·戈德堡所饰灵媒，是将这不甘心浪漫化了。为了让大团圆结局顺理成章，鬼成了人的守护者。世上有无鬼魅，不得而知。鬼与巫的存在，是否美好，亦见仁见智。有次见到台湾作家巴代,谈起他们卑南族的巫仪。说村上的人死了,生者请巫,并非是要留延不舍,而是要做生死切割,划一道结界。往生者便不涉于家人日常。该走的便走,不必灵魄缠斗。看似残酷,于人于鬼,倒也一劳永逸。

我们汉人,往往未如此决绝,"不甘"便又多了一层。想到此,我便问这青年,如何"问米"。他说,他所做的,无非是对生者的安慰。于他是一出独角戏,于别人却是人生攸关。他就和我讲起他的经验。要做好这行,其实是半个心理学家、四分之一个演员,还有四分之一的侦探,务求在"问米"时丝丝入扣。他也说到这行的艰难,如何险象环生,又如何化险为夷。今日问米,问的是黑道中人,所见的青年女子是他的孀妇。背后有人操纵,只是借他之口,叫女人死心。他看我一眼,笑了,在灯光底下,眼角有清晰的纹路。面相后生,原来他的年纪已然不轻了。他说,谁演戏,也演不到总是皆大欢喜,只图落得大家安心。

我问他,为什么离开中国。他说,他是老幺。母亲生他难产。父亲续弦,对他便不待见。他有记事是"文革"后几年。荒乱间上了个戏曲学校,又进了剧团,工巾生。我说,原来你真的是演戏的。他说,是,可唱得不好。唱不出来,又受不了剧团里的钩心斗角,就趁着下海潮出来，当了两年个体户，本钱赔光，还背上了债务。跟一个同乡到了广西，又辗转到了越南。也是一个同乡的介绍，做了通灵师。会唱戏，入行多少占些便宜，他说。说完，唱了两句，冷幽幽的，是越剧。我听着，好坏不论，韵味是有的。吃完饭，他就匆匆走了，说晚上还有一场仪式，在殡仪馆。

他走后，我一个人走到街上，夜风有白天的余温。这个通灵师，所为无论真假，都是勾连生死的人物。祀盛于德，原是人生的无奈。人性的复杂处，不可知也不可解。通灵师和他所连结的彼端，便是将"死生契阔"折中的捷径。这连结无论初衷，结果是善意的。多少现实中的"断壁残垣"，给他说出唱出来，便是"良辰美景奈何天"。为生者徒留一些遗憾，还是好的，是甘心以后的追忆，满足后的不满足。

可怜夜半虚前席，不问苍生问鬼神。

也是经历了诸多的跨越，才成就了自己。他本是命运多舛，有关中国的年代变迁，家庭的流离，事业的离弃，或者还有情感的曾经沧海。所有的，都是不甘心到甘心的路程。所有艰难的沟通，都经过了，才有如今的风云清淡，尘埃落定。

于是，便写了《问米》，是以为记。

故地

这个八月,去了圣彼得堡。

这是值得徜徉的城市。短租了公寓,从窗子望下去就是格里博耶多夫运河,所以也常常下来转悠。运河上的桥很多,桥上有一些穿着宫廷服装的年轻人,在兜售旅游照。他们多半很高大,脸上带着旧贵族的矜持和雍容,但是其中一个掏出手机来打电话,整个人就好像破了功。

这个城市也是如此,完整地保留了三百年前的风貌。天际线依然如帝国时代的低矮。十八、十九世纪的巴洛克与新古典主义建筑,规整有序地坐落于纵横水道的两岸。经过了彼得格勒与列宁格勒的历史跌宕,苏联解体后,由市民投票,重新回到了最初的名字。这中间或包含积蓄已久的眷恋。在这短暂的日子里,我每天大约只做一两件自认为重要的事。除此之外,活动范围仅限于基督喋血教堂与圣以撒大教堂的周边。据说那一带,是陀斯妥耶夫斯基日常行走的区域。俄罗斯的饭菜并不算好吃,楼下的一间叫作 Mama Roma 的意大利餐厅,就成了我的食堂。因为比起西欧，出奇地价格公道与口味地道，我放弃了房东鼓励自己烹煮的建议。用火柴点老式的煤气灶，本身也是一件极需要技术的事情。所谓重要的事，其实也稀松，不过是去冬宫看艺术品。冬宫的馆藏之丰，其实很见伊丽莎白与叶卡特琳娜二世两位女皇的跋扈与强烈的占有欲。但是，大而精致的布局，却足让人流连不去。在那里，遇到一个在列宾美术学院学习文物修复的东北人，当时他正在《浪子回头》的原作前驻足。大概彼此都站了很久，就开始分享对伦勃朗的看法，似乎很谈得来。从冬宫出来，他带我去了一家超市，买了一只烤鸡。开始坐在公园里分食，然后继续讨论这个国家与西欧壁垒分明的审美。的确，似乎很久没有这样酣畅地谈过艺术了。不远的广场上，是一个军事展，已经退役的装甲车与迫击炮，成了游客们喧嚣的背景。一些士兵，脸上带着喜洋洋的表情，投入这热闹。

在圣彼得堡的停留，另一个重要内容是去马林斯基剧场看一场《天鹅湖》。这对我而言有朝圣的意义。即使不提柴可夫斯基的渊源，基洛夫芭蕾舞剧团、出入过的那些巨星，已足以令它的光华不会因时间而黯淡。这里诞生了称霸西方芭蕾舞界的雷里耶夫、巴里什尼可夫和马卡洛娃，当然还有长着鸟的踝骨的尼金斯基。或许预期过高，此次的观看经验并不算很美好。这场演出令人体会到薪火的式微。我的印象停留在马林斯基剧院在十年前的官方录像，乌里安娜和达尼拉依然有着神一样的光彩。所以即使这剧院陈设老旧，你依然会将之理解为某种传统的魅力。但王子的出场与失误，以及在大跳时的笨拙，的确有些煞风景。女主角是不错的，熟练而似乎缺乏激情。直到黑天鹅的段落出现，她才开始迸发出活力。在舞会上，黑天鹅以强势的方式吸引王子。最经典的是第三幕宴会独舞中的旋转，堪称是芭蕾舞炫技的极致。在这一点上，玛戈·芳婷与安娜妮娅什维莉，都曾做出最好的示范。这个女主角，轻松地转了三十二圈后稳稳停住，是不错的表现。其实在这场表演中，最夺目的并非首席，而是小丑这个角色。有着令人惊艳的力量与技巧。但是到了谢幕时，却不见了踪影。旁边一个韩国人告诉我，很可能他是个外聘的演员，还有其他的演出要赶去。但是，谢幕作为表演完结的环节，似乎与尊重相关。韩国人摇摇头说，这些年轻人。

我想，他的感叹或许代表着很多人对这个国家的见识。最好与悠久的传统，渐渐徒具优雅的形式。它还保留着某些文化上的自尊，比如对英语的抗拒。但是，计程车司机也已会娴熟地运用谷歌翻译和游客交流。

晚间，格里博耶多夫运河两岸的集市散去，整个城市安静了下来。夜再深沉一些的时候,半梦半醒之间,忽然听到很响的声音,几成喧嚣。打开窗子,看到几架快艇迅速地驶过,激起层叠的浪花。快艇上缀着霓虹一样闪烁的灯饰,放着高分贝的音乐。这是一些在运河流域"飙船"的青年人,趁着河道通畅玩起了漂移。发现你在看,他们便得意地从船上站起来,向你挥手致意。而河的对岸,不知何时有了一支小乐队。电吉他的声音响起,也是喧天的。主唱的声音粗厚沙砺,让我想起洛·史都华,但摇滚的活力却是年轻的。因为太吵了,楼上的窗户打开。我便听见一个上了年纪的声音,从喉咙管里发出来,我虽听不懂,却知道是清晰而有节奏的谩骂声。小乐队暂停了表演,主唱对着窗口,很绅士地鞠了一躬,动作华丽而有教养。他或许与同伴商量了一下,音乐再响起,很舒缓。主唱开了口,我心里一惊,竟是俄文版的 *Field of Gold*。这是我大爱的歌曲,心随意动。他唱得,竟然是无限的温柔。在这催眠曲一样的歌声里,窗子次第关上了。

这城市的暗夜,连接着无尽流淌的涅瓦河。在不远处的地方,浩浩汤汤。这条河曾出现在我的小说《北鸢》中。

说是以往,只因十月革命之后,苏联政府宣布放弃俄罗斯帝国在华的特权,天津与汉口的租界自然也交还给了中国。只是,当时的北洋政府有大事要做,无暇顾及海河两岸的弹丸之地。如此,一时间,这里竟成了天津土地上著名的"三不管"。谁都不要好得很，沙俄的旧贵族们，惶惶然间定下一颗心来。有了落脚之处，建立起他们自己的小公国，颇过了数年歌舞升平的日子。俄式的面包房，大菜馆，小到早上佐餐的酸黄瓜，应有尽有。认起真来，除了没有涅瓦河，比起圣彼得堡并无太大分别。

我外公的少年时，在天津的意大利租界度过，随他的姨父母。他的姨父褚玉璞，在北伐之前，是中国最有权势的军阀之一，曾任直隶省长与天津军务督办。外公依稀记得在督办衙门前放风筝的情形。这个衙门，后来被日本人炸毁。多年后，我曾有一次去天津寻访。马可波罗广场与祖父就读的耀华中学，都还在。但督办衙门如今已了无痕迹，原址建起了一个公园。

意大利租界乃至五大道一带，当时住着一些有来历的中国人。他们被通称为"寓公"。清朝的王室贵胄、下野的政要与失势的军阀。他们的人生，或许从未如此黯淡无望。久了之后，有人便甘心下来。如北洋政府的总统徐世昌，归隐自守，工于书画，写出了一部《退耕集》。自然，也有许多不甘心的，在天津这政治后院窥伺着北京，觊觎着东山再起。但无法否认，"大势已去"是这些人的人生共同的关键词。彼时的中国，各种力量经过洗牌之后，已进入了新的格局。无论昔日权倾朝野，或是纵横捭阖，都已经是旧人的明日黄花了。

儿时日子，对外公而言，并不很清晰。那些灰扑扑的中西合璧的陈设，楔入了他的记忆。但是，他却记得家中的客人们。大多是中国人，有着和姨父相似的面目与声气。外国人，则有英国人与日本人。有些来了，直接就进入了姨父的书房，许久出来后，便匆匆地走了。但唯有一个，与女眷有更深的交情。是一个旧俄的子爵，曾担任驻中国的公使，却因为国家的剧变而无法归乡。他的落魄与风趣，给外公留下了同样深刻的印象。他保留着旧贵族的自尊，但因生活所迫，这自尊日益淡去，却仍维持着表面的矜持。这令人觉得荒诞而痛楚。外公天性温厚，这俄国人与他形成了奇异的友谊。子爵怀恋故乡，外公记得他的讲述，有关圣彼得堡的一切。食物、建筑、女人以及财富，所有孩童似懂非懂的东西，如同长篇的连载。他在讲述的终结，会反复吟唱一首歌，关于涅瓦河。

在去夏宫的路上，打了一个电话给外公。说我在圣彼得堡。外公想了想问，替我看一下，他说的那个教堂，还在吗？

在这个城市的市内与城郊，坐落着大小一百多个教堂，外公亦无法准确描述子爵提到的这个教堂的特征与位置。我也想了想，很肯定地回答他：还在。

声音

　　数年前，在四川的嘉绒地区，当地如中国内地多数正在开发中的旅游区一样，经历着看得见的变革。山民们面对生活的机遇，有了希望与冲动，虽则对如何把握并不得要领。他们在路边拦住游客，小心地用汉语表达了做生意的意图，面对你温和或粗鲁的回应，他们不变初衷。我们在一家银器店的门口，遇见一个藏族女人，赶着几匹当地的矮马。她告诉我们，去著名的景点大海子，要行过崎岖泥泞的山路，非人力可为。希望我们能租借她的马。她说完这些，态度羞涩地低头，似乎在提出一桩不合理的要求。我们同意了。上山路上，地形如意料中陡峭，马蹄蹶而行。藏族女人赶着一匹幼驹，负载着我们的行李。路程到了将近一半，突然遭遇山里的雪暴。马匹无法前进，我们只有在一处避风的地方休息。就在等待中，天光黯淡下来，气温骤降。有旅伴窃窃抱怨。夜色渐浓，终于有了小小的躁动。这时候，我们看见，藏族女人悄悄卸去幼驹身上的重物，将自己的军大衣脱下来，给它裹上。然后倚靠着马鞍，轻声吟唱起一支歌谣。听不懂内容,但辨得出是简单词句的轮回。这歌谣安谧静和,令人恢复自制。后来,我们在半山找到一间牧人的小屋,度过了寒冷的一晚。风停雪住,在温润的高原阳光里,我们看到了墨蓝色的大海子,也记住了这个叫英珠的女子和她的歌声。

这样的声音,来自这世上的大多数人。它们湮没于日常,又在不经意间回响于侧畔,与我们不弃不离。这声音里,有着艰辛的内容,却也听得到祥和平静的基调。而主旋律,是对生活一种坚执的信念。因为时代的缘故,这世上少了传奇与神话。大约人生的悲喜,也不太会有大开大阖的面目。生活的强大与薄弱处,皆有了人之常情作底,人于是学会不奢望,只保留了本能的执着。

写过一篇小说,主角平凡得常见于巷陌,但是他的名字叫"英雄",就让他的经历有了宿命的基调。写他,一来,确与个人情感相关,这是我在少年时代被偶像化的人物。小孩子眼中的英雄,多半是平凡人。因为平凡人可触摸,有温度;二来,他是有理想的人,虽则这些理想多是关乎生计。但因为这些理想虽微薄,却是极有胆识的体现。所以,他就担当了一个时代弄潮儿的位置。他是幸运的,因为赶上了变革的关隘,是适逢其时。有机会,有闯劲,便有了成功,并且，是一而再地成功。到底是平凡人，所谓境界，是被拔高的英雄品质。我们的这位英雄，更多的是人性。他也许确被成功冲昏了头脑。这是形式主义的说法。如果设身处地为他着想，应该是欲望的解放。只不过这解放不是来自于天然，便显得名不正言不顺。个性与境遇发生了冲突，最后走向了悲剧的方向。

有的故事，不太能看到浓重的悲意，令人难过却相对持久。我想说，令人难过的并不是悲剧本身，而是人之常情。

记忆里头，另有一些艺人，在家乡的朝天宫附近。对于孤陋寡闻的城市孩子，这地方具有庙会一类的性质。那时的朝天宫，远没有现在的博物馆建筑群这样规整，有些凌乱。也是因乱，所以带有了生气。有一个很大的类似跳蚤市场的地方，所谓的古玩市集，其实是后来的事情了。当时的气息很有些像北京的天桥。这市场里，有卖古玩的，真的假的都有。有做小买卖的，完全与艺术无涉，甚至还有敲锣鼓耍猴卖艺的。当然，还有一种艺人，是有真本领且脚踏实地的。他们往往有自己一担家当，左边放着原料，右边摆着成品。这决定了他们的创作是即兴表演式的。比如吹糖人的、剪纸的，都极受孩子们的欢迎。而马师傅就是其中的一个。马师傅的老家是江苏无锡。无锡附近有个地方叫惠山，出产着一门手艺，是泥人。这特产本有个凡俗的渊源，是寻常人家农闲时候的娱乐。因为它的全民性，有"家家善塑，户户会彩"的说法。而这门手艺后来的商业化，导致了一些专业作坊的应运而生。其中最著名的是袁、朱、钱几家，马师傅的师承，就是这朱家。那时候年纪小，并不晓得马师傅为什么要跑来南京讨生活。但是他成为朝天宫的一道风景，却是记忆犹新的。凡到朝天宫，我是直奔他那里而去的。马师傅总戴着度数很高的眼镜，陈旧的中山装上有些油彩的斑点，神情的专注是从未变过。时间久了，他也就认识了眼前的小朋友，用吴语口音很重的南京话和我交谈。马师傅做的最多的是一种娃娃，叫大阿福。据他说，其实是一种儿童样貌的神，很硕大。这种泥人虽然喜庆，但近乎批量生产，马师傅说叫作"耍货"，是为讨生计而做。而作为一个创作型的艺人，其实高下在于能不能做"细货"。这"细货"按传统应取材于昆山的戏曲。做这一类，人形雕琢完全来自手工，姿态性情各不相同，马师傅有一整套的工具，从小到大，排在一块绒布里，最小的一个，用来雕刻五官的，听说是一根白鱼的骨刺。对于戏曲的诠释，是他摊上的招牌，红衣皂靴的男人，瞠目而视。身边青衫女人，则是期艾哀婉的样子。我至今也并不知道是出于哪一出戏文。

这些人，非出自本地，却身藏了城市的一种残存的秉性，与城市同声共气。然而他必然也凋落，带着无奈与些许的黯淡离开，犹如夕阳晚照。

就是这样一些人，在缭绕的人间烟火中渐渐清晰。审视他们，虽非新鲜的经验，然而，回想之际，仍出自己意表。他们的人生，已是水落石出的格局。经年的快与痛，此时此刻，已成一波微澜。

他们在我身边一一走过，见证了岁月的变迁。我愿意履践我的成长轨迹，用一双少年的眼睛去观看那些久违的人与事。目光所及，也许亲近纯净，也许黯然忧伤，又或者激荡不居，但总有一种真实。这种真实，带着温存的底色，是叫人安慰的。

他们是一些行走于边缘的英雄。

"一均之中，间有七声。"正是这些零落的声响，凝聚为大的和音。在这和音深处，慢慢浮现出一抹时代的轮廓。这轮廓的根本，叫作民间。

第二章 人间

江南

江南是个出作家的地方,这一点没什么争议。古往今来,此地的文脉,似乎从未断过。若细细想来,却也会觉得这文脉里头,多少有些"非主流"。所谓修齐治平的大丈夫情结,先天下之忧而忧的家国之道,于其中影影绰绰,若隐若现。然而求本溯源,或是梳理出一个群英谱,才晓得这文脉的好与丰厚,本就无关庙堂。若真要一言以蔽之,原来是因为"旁逸斜出"四个字。

说得再白些,总有些和时代间的格格不入。一以贯之的,可说是一种奇与通透。"通透"易解,大概就是吴敬梓说的"烟水气"。"奇"则复杂些,看起来,是自我边缘化,内里却各有各的苦楚。自认"学而优"的其实不少,仕途上飞黄腾达的却是寥寥。科考不利,愤世嫉俗有之,久了,疲了,才多半有些信马由缰起来。

这伙子落第先生中,头一个数吴承恩。吴乃淮安山阳县人氏。《淮安府志》载他"性敏而多慧,博极群书,为诗文下笔立成",是个少年才子,但他科考不利,老大功名未竟。至中年才补上"岁贡生"。晚年出任长兴县丞,却又"抚事临风三叹惜",写下"谁能为我致麟凤,长令万年保合清宁功"之句,后愤然请辞。"君贤神明"的王道之国算是其终极政治理想,郁郁于胸;《酉阳杂俎》之类的小说或野史让他看到怪力乱神之于现实的美好,故而写《西游记》于吴颇有些夫子自道之意,"虽然吾书名为志怪,盖不专明鬼,实记人间变异,亦微有鉴戒寓焉"。吴承恩还写过一部短篇小说集《禹鼎志》,不过已经失传,只能看到一篇自序,是为憾事。

  明朝再说一个归有光,江苏昆山人。出身寒儒,累世不第。这一传统到了归先生这辈,也没走出宿命。说起来,此君更是神童,九岁能成文,十岁时写出了洋洋千余言的《乞醯论》,十一二岁"已慨然有志古人"。"弱冠尽通六经、三史、大家之文",偏偏也不好命,会试落第八次,到了六十岁方中了进士。不过,多舛仕途似乎并没有消磨他人生的锐气,否则成就不了"明代第一散文家"。嘉靖年间,复古余绪方兴未艾。王世贞更被尊为文坛宗师,声势煊赫。归氏慨然举起唐宋派的大旗,向这位大腕叫起了板,话是锋芒毕现:"盖今世之所谓文者,难言矣。未始为古人之学,而苟得一二妄庸人为之巨子,争附和之,以抵排前人。"这一说,其为人的确是犀利了些。

然而其为文，为后世如清代桐城方姚等家交口赞誉，是很站得住的。好在平缓淡和，并无纵横捭阖或针砭之意。文字更是真挚简朴，深得生活神髓。《项脊轩志》念亡妻："庭有枇杷树，吾妻死之年所手植也，今已亭亭如盖矣。"见树思人，回首不胜凄凉。没有大事件，一物，一情，尽得风流。

说起文字的温润家常，更可一提的是清朝的沈复。沈先生是苏州人，出身幕僚。乾隆皇帝南巡时，曾随父亲恭迎圣驾。亲睹圣泽，却无意科举，是个很有个性的人。沈复为我们留下了一部《浮生六记》，有些自传的意思。这部作品，算是有国际知名度的，因为被林语堂翻译成英文介绍到了美国去。林译为 *Six Records of Floating Life*，真是妙极。我们如今说起这书的好，大概也是感叹当是时，居然有此等 floating 之人与事。《闺房记乐》《闲情记趣》《浪游记快》，说起来其实都是很小的事情。夫妻之道，集腋成裘。用王韬的话来说，"笔墨之间，缠绵哀感，一往情深"。里面自然是无关鸿鹄伟志的。最令林语堂欣赏和称道的，似乎是这书中的女主角，沈妻陈芸。三纲五常的年代，她追求爱情的方式，很有其独到之处。

　　　　　是夜送亲城外，返已漏三下，腹饥索饵，婢妪以枣脯进,余嫌其甜。芸暗牵余袖,随至其室,见藏有暖粥并小菜焉,余欣然举箸。忽闻芸堂兄玉衡呼曰:"淑妹速来!"芸急闭门曰:"已疲乏,将卧矣。"玉衡挤身而人,见余将吃粥,乃笑睨芸曰:"顷我索粥,汝曰'尽矣',乃藏此专待汝婿耶?"芸大窘避去,上下哗笑之。余亦负气,挈老仆先归。自吃粥被嘲,再往,芸即避匿,余知其恐贻人笑也。

这一段笔触活泼,虽是两小无猜,却见其性情的温存与体贴。林称"是中国文学上一个最可爱的女人",并无大差。沈复对这个妻子爱得深沉,文中有一段写得也颇为动人。"是年七夕,芸设香烛瓜果,同拜天孙于我取轩中。余镌'愿生生世世为夫妇'图章二方,余执朱文,芸执白文,以为往来书信之用。"琴瑟和同,既为伉俪,又是知己。这个女人陪同沈复过了半辈子布衣蔬食的艺术生活。携手旅行,纵情园艺,间或诗词相和。美则美矣,在当时的文学情境中并不入流。其中的情节,似乎儿女情长至于琐碎,耽溺于享乐,实在太闺房和没出息,然而,却让西方人喜欢得无以复加。在他们看来,这里面寄寓了一种美好务实几乎可以说与现代合为一辙的生活观,恰是长期被规条约束的中国人所不敢也不愿触碰的。所谓浮生,说到底,便是一种人本主义的观念,不是建基于庙堂,而是从人自身出发。在这本书中,可以看到一种萌芽般的新式中国人。虽然一对神仙眷侣最终以悲剧收场,只能说他们走得太快而太远,没有生对时代。

沈复并不能算是性情很偏僻的人。只是经常听人说,江苏这地方或许让人意志消磨。与其说是消磨,不如说是赋予。一方水土一方人。地域性对文人的世界观、生活观的影响,多少是有些的。铺延开去,说到江苏的省会南京。号称六朝古都,三百年间同晓梦,几乎每个朝廷都是小朝廷。担了金陵王气的名声,每每"王气黯然收"。作家叶兆言就很一针见血地说,这"王"应该是"死亡"的"亡"。这样的地方,成就的多数是女人,或者同悲为红颜,或是血溅桃花扇,好不热闹。男人们就有些悲催,"最是仓皇辞庙日,教坊犹奏别离歌,垂泪对宫娥"。故国不堪回首了,哭的不是祖宗,还是女人,实在是不怎么出息。可要说起来,这地方,对有出息的也颇有些吸引力。当年王安石退了休,在中山门选址造了"半山园"隐居;到了明代,龚贤"厌白门杂沓"而结庐于清凉山下,在附近的虎踞关造了"半亩园",做了归老之地。和沈复同生活在乾隆年间的袁枚袁子才,更是有个性。三十八岁厌弃仕途,毅然请辞,买下了金陵小苍山,建了"随园"。这园子,造得十分之好,据说连皇帝建御花园都来取经。袁枚自道:"不作公卿,非无福命都缘懒;难成仙佛,为读诗书又恋花。"最后一句,说的是读书作文,又养了一群姨太太,收了一堆女弟子。消消停停地把后来的五十年过掉了。有人就有非议,说你活得好好的,要什么末世情怀呢。袁枚就写信给友人程晋芳说:"我辈身逢盛世,非有大怪癖、大妄诞,当不受文人之厄。"口气的确很牛。

最近读前辈作家王安忆的《天香》,说的还是江南士子的气性。有钱了,功成名就了,急流勇退,回家造园子。将享乐当成哲学与艺术,甚至变成一桩事业,恐怕不是胡虏们能够理解的了。

说到江南文人的情怀,蔓延到现代,很想谈谈周瘦鹃。周先生是苏州府吴县人。他有几个重要的文化标签,为人所津津乐道。其一是"鸳鸯蝴蝶派",他是代表人物。"鸳蝴派"得名于清魏子安小说《花月痕》中的诗句"卅六鸳鸯同命鸟,一双蝴蝶可怜虫"。在中国的文学史上名声并不很好。是"艳情+哀情"的同义词。听起来总有些不入流,被新文学的各位干将攻击得不亦乐乎。然而,却受到一般民众的欢迎和垂青。周办过一本叫《礼拜六》的流行刊物,这本周刊曾受到众多消闲读者的狂热吹捧，成为当时"鸳鸯蝴蝶派"的主要阵地和代表刊物。当时坊间有这么句话："宁可不讨小老婆，不可不读礼拜六。"可见其吸引力之大。

另一个是本叫作《紫罗兰》的月刊。前身是大东书局《半月》。后来叫了这个名字，和周先生年少时的罗曼史相关。这一段往事，给他写到了回忆文章《爱的供状》里，说中学毕业那年冬天，结识了年轻貌美的务本女校学生周吟萍。两人书信往还，迅速坠入爱河。后来的发展，无非罗密欧与朱丽叶的套路。女方父母早已把吟萍许配给一个富家子弟，两人饮恨之下，只好天各一方。这场悲剧对周瘦鹃影响深远。周吟萍有一个英文名字 Violet，周先生就异乎寻常地喜爱这种花卉，且终其一生。后来在苏州所辟"周家花园"，也命名为"紫兰小筑"，可见用情之深。

当然，这本杂志闻名之处，还在于和另一个作家拉上了关系。我有个朋友，说过一桩故事。有次在上海图书馆期刊室调阅上世纪四十年代的《紫罗兰》。一位相貌颇类流浪汉的男子经过，问也不问就伸手拿了两本略翻了翻，口内说："哦？《紫罗兰》？研究张爱玲是吧？"然后扔下书，就走了。的确，日占期上海第一个刊登张爱玲小说的，便是这本杂志。周瘦鹃也曾写自己受邀到张爱玲家做客的景况。那是一次还算愉快的下午茶。张以与她母亲皆为周的忠实读者自居，这一点也令周先生颇为受用。然而，在发表了《沉香屑》两文之后，张似乎要和"鸳蝴派"拉开关系，再未给这本杂志写过稿子。

周大约对自己的文学趣味也有几分保留。倒是对作为"园艺家"的身份念兹在兹。寄情花草，颇有建树。也写了些并未传世的杂文，计有《花花草草》《花前琐记》《花前续记》等，丰富得很。他的盆景与盆栽，十分有名，曾被拍摄成电影纪录片，在各地巡展，甚至还被送到了北京的迎宾馆去。可有一说的，也是往事。一九三八年冬，已有数十年历史的国际性的上海中西莳花会再次举办。在莳花会展出比赛中，周先生以其古朴典雅、独具特色的中国盆景、盆栽两度夺魁，获得"彼得葛兰"奖杯，很为祖国争了光。后因该会英籍评判人员有意贬低中国，裁判不公，愤而退出。是很见风骨之举。

接着再说说刘半农。刘先生是江阴人，本字半侬，实在是有些香艳的。事实上，他也确乎有一个身份是曾经的"鸳蝴"小说家。这自然并不是他自己很想提及的部分。说起这个人，头脑里总是映现出"新文学革命"和"白话文运动"的字眼，是个铿铿锵锵的形象。

刘的身影出现在文学革命的大潮中，和与钱玄同的双簧戏相关。

因为一个王敬轩引出了旧学的捍卫者林纾，又因此创造出了金心异。因为金心异，中国现代文学历史上有了一个叫作鲁迅的小说家。鲁迅在回忆刘半农时说："他活泼、勇敢，打了几个大仗。"好像在夸奖一个孩子。事实上，刘给人的感觉，的确有些孩子气。鲁迅是很肯定他的贡献的，有了刘先生，我们才有了"女"字旁的"她"可用，也才有一首叫作《教我如何不想她》的歌可唱。

但是，这孩子又实在很好胜。别人去外国读书，是向学，他却多少是为了一张文凭耿耿于怀。拿了法国国家文学博士。又因为好胜，去挑战国学大师章太炎。结果碰了大钉子，被章用汉唐音韵交替地骂了娘，铩羽而归。这些在章门弟子——名中医陈存仁的《阅世品人录》里都有记载。

生在海州的朱自清，性情便平和得多。朱是个自律的人。他的名字，都饱含了励志之意。"自清"两字出自《楚辞·卜居》："宁廉洁正直以自清乎？"又自感性情迟缓，便取《韩非子》中"董安于之性缓，故佩弦以自急"之"佩弦"为字，以自警策。朱先生以美文立世，写得多也写得好，老少咸宜，所以中小学课本简直离不开他。自然不是人人都喜欢，夏志清说得很不客气，说他的散文是"'美'

得化不开……读了实在令人肉麻", 余光中则批评他缺乏与时俱进的能力, "至于感性, 则仍停囿在农业时代, 太软太旧……"。说起内里, 朱自清大约就是个旧人。内向, 规矩, 谨严, 也并不很知变通。到底, 他并不是个热衷投身时世洪流的人。谦恭自守, 穷则独善其身, 用到他身上, 也都很合适。他的性情是学者的派头。上世纪二十年代将自己放在书斋里, 心无旁骛, 潜心研究学问。与时代的抗拒, 体现为有所不为。他在《哪里走》一文中说得很清楚, 现实于他若浮云: "我既不能参加革命或反革命, 总得找一个依据, 才可姑作安心地过日子。我是想找一件事, 钻了进去, 消磨了这一生。"

但真到了抗战的时候, 他又是最硬骨头的一个。一九四六年, 他从昆明到北平, 接下清华大学中文系主任的职务。七月的时候, 李公朴、闻一多遭暗杀遇难, 他凛然出席成都各界举行的李、闻惨案追悼大会, 并报告闻一多生平事迹。一九四六年十月, 他从四川回到北平, 十一月担任"整理闻一多先生遗著委员会"召集人。这不像是"躲进小楼成一统"的人会有的作为。至于"宁可饿死, 不吃美国救济粮"这件事, 有不同的说法与版本, 但对他在大是非上的决绝与原则, 是没有人会质疑的。

他病逝, 墓碑上写的是"清华大学教授朱自清先生"。早在一九二五年，他二十七岁的时候，已经有了这个身份。这身份于他很重要，也让他受过委屈。二十世纪三十年代鲁迅到北平看家人，被各高校得知，自觉为他安排了巡回演讲。邀请的人，就有清华的朱自清。鲁迅去了五所高校演讲，独独不去清华。朱一邀被拒，再邀依然，想来也实在窝囊。鲁迅是个脾气无出处的人，对清华出身者一向不喜且不睦。朱的平和性情，并不至得罪过鲁迅，不过是代清华受过而已。

谈及清华，将两个人放在一起说吧，因为没办法分开说。便是钱锺书与杨绛夫妇。二人都是江苏无锡人。这算是中国现代文化史上的一对璧人，双子星座。说琴瑟和同，是并无夸张的。夏志清称："整个二十世纪，中国文学界再没有一对像他俩这样才华高而作品精、晚年同享盛名的幸福夫妻了。"

一九三二年春，清华古月堂初识。杨绛对钱锺书的印象是"蔚然而深秀"。未几，钱就给杨写信约见。他开口第一句话是："我没有订婚。"她说道："我也并非费孝通的女友。"两下释然。接下来，便是携手走过的六十三年。

钱锺书是天才，这在批评界有定论。清华三杰，他是独占鳌头。

在学问上谦虚，为人上则是恃才傲物太甚，几乎头角峥嵘。据说钱先生对西南联大外文系几位教授有评价，言语甚为犀利："叶公超太懒，吴宓太笨，陈福田太俗。"钱氏写《围城》，多少是带进了昔日在联大的经验，是有一点夫子自道的意思。在这本书里，"我想写现代中国某一部分社会、某一类人物。写这类人，我没忘记他们是人类，只是人类，具有无毛两足动物的基本根性。角色当然是虚构的，但是有考据癖的人也当然不肯错过索隐的机会、放弃附会的权利的"。这小说隐隐然是看得到激愤气的。大概也是因为他一九三九年暑假回到了上海探亲，沪上沦陷，再也回不去联大。所以竟也有人考证，说《谈艺录》的上下半部的笔触，不尽相同。原因是上半部是一九三八年留居蓝田写就，而下半部则在上海著成，彼时的心情，多半是不太如意的。

说回《围城》。写这部小说的时候，钱锺书已经去了上海。当时出风头的是太太杨绛。杨绛写了一部喜剧，叫《弄真成假》，风靡沪上。讲的是一个冒牌的留洋少爷，为攀附富家千金，搞出了一连串的笑话。这出剧作由上海同茂剧团搬上舞台，反响极大。李健吾更称是中国文学的里程碑。看了杨绛的剧后，钱锺书也十分激动，说：我也要写一部长篇小说！杨绛马上赞成称好。当时二人的生活很是拮据。

自从离开了联大，钱已没了二百块一个月的高薪。他在震旦女子文理学院按钟点授课，少教几节课，空出时间写书，钱自然挣得少了。杨绛便把保姆辞退，一个人担负做饭、洗衣服等家务，只为省点钱，少一份支出，维持家庭生活。这样钱先生便可以安心写长篇。

杨绛的牺牲，成就了《围城》，也几乎成就了钱锺书这个人，无论治学还是创作。钱锺书的母亲夸她"笔杆摇得，锅铲握得，在家什么粗活都干，真是上得厅堂，下得厨房，入水能游，出水能跳，锺书痴人痴福"。这几乎是对她最为精到的评价。钱锺书对这个妻子的恋慕，更是一生未改。《人·兽·鬼》出版后，在两人"同存"的样书上，钱写下："赠予杨季康，绝无仅有的结合了各不相容的三者：妻子、情人、朋友。"这份极尽包容的情感中还涵括着一份母性。"文革"初期，两个人被批斗。钱锺书戴着高帽子泰然自若。写他的大字报漫天飞，本来已是风声鹤唳。但是看似柔弱的杨绛，却有胆子，在大字报上贴了小纸条替丈夫做澄清。批斗中被逼问为什么要为资产阶级反动权威翻案。她跺着脚，说就是不符合事实。身边的人都为她捏把汗。

钱锺书曾如是总结："我见到她之前，从未想到要结婚；我娶了她几十年，从未后悔娶她；也未想过要娶别的女人。"娶妻当如杨季康，事实证明，钱锺书的选择没有错。杨绛的温文与坚强，在钱身后，表达得更为深沉与澄净，令人心疼。

"锺书逃走了，我也想逃走，但是逃到哪里去呢？我压根儿不能逃，得留在人世间，打扫现场，尽我应尽的责任。"丈夫、女儿相继去世后，她的第一件事情就是将钱锺书的作品整理出来，还把他的经年积累的读书笔记发表出来。在九十二岁高龄时，她完成了《我们仨》。让我们得以看到这对中国文学史上"大写"的学者夫妇朴素而清澈的人生。

最后，因为在地香港的关系，说一说叶灵凤。叶先生是南京人。他的一生，有许多身份，官方的有"小说家、散文家、编辑出版家"。一则就是些别称，如创造社"小伙计"。还有些称得上恶谥，如"才子加流氓"。

叶灵凤这辈子，最大的不幸之一，大约就是得罪了鲁迅。当年一帮小伙子初入文坛，鲁迅就已经很看不惯。叶灵凤、潘汉年、刘呐鸥、穆时英、施蛰存、周全平在他眼中，个个是"年轻貌美，齿白唇红"的洋场恶少，仗着有几分姿色与资本在"革命咖啡店"里混世，"现在凡是感到被束缚、被压迫、被愚弄、被欺侮的青年，假如要反抗一切，非信仰新流氓 ism 不行"。

叶灵凤一番不知天高地厚的唐突举动，让他背负了薄名几十年。其一是叶在自己主编的《戈壁》杂志上，发表了一幅名为《鲁迅先生》的讽刺漫画，居然说"鲁迅先生，阴阳脸的老人，挂着他已往的成绩，躲在酒缸的后面，挥着他'艺术的武器'，在抵御着纷然而来的外侮"。次年，又在自己主编的《现代小说》第三卷第二期上，发表了小说《穷愁的自传》，其中主人公有这么一段："照着老例，起身后我便将十二枚铜元从旧货摊上买来的一册《呐喊》撕下三面到露台上去大便。"

其实，二十世纪二十年代，骂鲁迅的人很多，尤其"创造社"和"太阳社"诸君间，几乎成为一种流行。偏偏叶灵凤的运气不好，将鲁迅得罪大发了。一九三一年，鲁迅在《上海文艺之一瞥》中写道："在现在，新的流氓画家出现了叶灵凤先生，叶先生的画是从英国的琵亚词侣（Aubrey Beardsley）剥来的。"大节上，更是无可宽恕，在《文坛的掌故》卷末注释里写道："叶灵凤，当时曾投机加入创造社，不久即转向国民党方面去，抗日时期成为汉奸文人。"足见其对叶灵凤的深恶痛绝。

这样被鲁迅随记随骂了近十年。到了一九三六年，叶灵凤写了篇长文《献给鲁迅先生》,里面有这么一句,"天长地久有时尽,此恨绵绵无绝期",可见其悔不当初之情。

一九三八年,广州失守后,叶先生随《救亡日报》来到香港。从此在香港定居,直到一九七五年病逝。三十七年间,颇有"此心安处是吾乡"之喟。

小说是不怎么写了,除了编辑报刊外,主要创作散文随笔和翻译,其中写得最多的,是故土南京的山川风物。《虎踞龙盘今胜昔》《中山陵所见》《雨花石和雨花台》《玄武湖的樱桃》《南京的马车》《朱氏的"金陵古迹图考"》《红楼梦与南京的关系》《江南园林志》《江苏之塔》《家乡的过年食品》《家乡吉庆剪纸》《家乡的药草》,下笔之丰,有文馈故里之意。有时以"白门秋生"的笔名发表文章,大概也是一种致敬。其对香港用情亦颇深,为香港写了三本书,分别是《香港方物志》《香江旧事》《张保仔的传说和真相》。前两者,一讲在地风土,一论时弊史话。好玩的是第三本,是用"叶林丰"做的署名。说的是在香港颇有盛名的一个海盗,活跃于清嘉庆年间。叶并非要为他正名,倒是很为他的知名度而不平。经过考证,他认为张保仔的真正根据地是比香港大了许多倍、孤悬海中的大屿山。那里的东涌,还设有修船、造船厂。张保仔同清朝水师和葡萄牙人海军联合舰队大战九天的地点，就在大屿山的赤鱲角。张本来也就是个贼寇，活在民间的传说中。这本书却要还他个举足轻重的历史面目。所谓英雄莫问出处，大概是叶先生一辈子的心中块垒吧。

舌尖

近日重新翻读黄裳先生的《金陵五记》，其中一节《老虎桥边看知堂》。那时黄先生的身份是新华社的记者，也是因利就便，去了"模范监狱"探访周氏。彼时的周作人，大约正身处人生的谷底。面对陌生者的访问，如同接受"会审"，彼此都不自在。谈及南京的过往，也有些含糊其辞。而黄裳却忆起《苦雨斋打油诗》中的一首：疲车羸马招摇过，为吃干丝到后湖。

这首"瘦词"，有些含蓄的饕餮相，是知堂在盛景中的一星点染。说起人生抱负，他终于是个失败者。因为看不清，终究也未参透。"五四"战士，老来囹圄。多数人扼腕说未保晚节。然而于他自身，岂是一言可蔽之。钱理群谈周氏兄弟，说"如果说鲁迅的选择是非常人生，那么周作人的选择是寻常人生"。观其一生，与其说是他选择了人生，不如说是人生选择了他。文章鉴人，由"凌厉浮躁"至"平和冲淡"，这其间的挣扎，是不可免的。只是知堂的姿态一直摆得很好，令人信服罢了。

葛亮

小山河

这"好"往往和对美食的立场相关。老子曰："治大国若烹小鲜。"说的是火候的拿捏得宜。政治毕竟复杂得多，失意于此的人，往往会退而求其次，拿"吃"做起文章，算是一种心理补偿。写得越精彩的，失意得也越是厉害。说起来，可列一串长长的书单，作为辅证。孟元老的《东京梦华录》、张潮的《幽梦影》、张岱的《陶庵梦忆》、李渔的《闲情偶寄》等等。当然，写吃写得好的，还有一个袁枚的《随园食单》。袁子才是真正看开了，自己从人生的"正途"荡开去，修修园子，养养戏子。谈起食物来，倒有些喜人的荤腥气。

周作人是要标榜"苦"的，有些清修隐逸的气息。"出世"得未免就刻意些，是划出界限的意思。他在《北京的茶食》里写："我们于日用必需的东西以外，必须还有一点无用的游戏与享乐，生活才觉得有意思。我们看夕阳，看秋河，看花，听雨，闻香，喝不求解渴的酒，吃不求饱的点心，都是生活上必要的。虽然是无用的装点，而且是愈精练愈好。"这是要和"有用"分庭抗礼，是他所谓"生活之艺术"的总旨趣，要"微妙而美地活着"。"苦"之外，便是要闲，在生活的主轴之外的，大饮食之外的所谓"琐屑不足道"之物。舒芜评价说："知堂好谈吃，但不是山珍海味，名庖异馔，而是极普通的瓜果蔬菜，地方小吃，津津有味之中，自有质朴淡雅之致。"原本他的故乡绍兴并非出产传统美食之地，荠菜、罗汉豆、霉苋菜梗、臭豆腐、盐渍鱼，皆非名贵之物。知堂格外钟情野菜，花了数篇的文字谈荠菜，"'西湖游览志'云：'三月三日男女皆戴荠菜花。'谚云：'三春戴荠花，桃李羞繁华。'顾禄的《清嘉录》上亦说：'荠菜花俗呼野菜花，因谚有三月三蚂蚁上灶山之语，三日人家皆以野菜花置灶陉上，以厌虫蚁。'"又另辟文字写荠菜梗。由《王智深传》谈到《本草纲目》，又征引《酉阳杂俎》，考证了许多，才浅浅谈起荠菜梗的制法。书袋掉得太狠，多少有些醉翁之意。虽是谈吃，意在雕琢习俗仪典，民间野谚等大"无用"之物。食材越是平朴，越是无用之用的好底里。钟叔河在《知堂谈吃》序言中说："谈吃也好，听谈吃也好，重要的并不在吃，而在于谈吃亦即对待现实之生活的那种气质和风度。"斯言甚是。

周作人写吃写得出世，是要和时世划清界限。同样将吃写出了大名堂的陆文夫，则是反其道而行之。一部《美食家》，硬是写成了中国的当代史。虽为后之来者，陆先生写吃，也是打的家乡牌。陆文夫生于江南市井，苏州小巷的凡人琐事、风物掌故，在他笔下信手拈来。娓娓如同家常，人称"陆苏州"。可不同于知堂的粗茶淡饭真滋味，陆文夫就是要写食不厌精，脍不厌细。

人类学家张光直说过一句话:"到达一个文化的核心的最佳途径之一就是通过它的胃。"(One of the best ways of getting to a culture's heart would be through its stomach.)中国文化的胃里可谓色彩纷呈。内地专题片《舌尖上的中国》,可谓明证。一如调色板,各地菜系有格有调。既壁垒分明,又融会贯通。"东酸西辣,南甜北咸"算是个大概。南方便有苏菜、粤菜、川菜三派,其中粤菜讲究清淡,川菜则以麻辣为主。苏菜主鲜甜。

《美食家》说的便是苏菜。故事说到高潮处,一九四九年后美食家摆了一桌家宴。有一个段落:"凤尾虾、南腿片、毛豆青椒、白斩鸡,这些菜的本身都是有颜色的。熏青鱼、五香牛肉、虾子鲞鱼等等颜色不太鲜艳,便用各色蔬果镶在周围,有鲜红的山楂,有碧绿的青梅。那虾子鲞鱼照理是不上酒席的,可是这种名贵的苏州特产已经多年不见,摆出来是很稀罕的。"

美食家叫朱自冶,是个以"吃"为事业的资本家。戏要好看,得棋逢对手。所谓宿敌,如同福尔摩斯与莫里亚特,夜魔侠与威尔逊·菲斯克,得要不弃不离。便有一位耿直的革命干部高小庭,和他做了一世的欢喜冤家。"反霸""镇反",一直到"三反""五反",运动了一辈子,没把朱自冶的口腹之欲反下去,可见其顽固。

高小庭恨他,不是恨他"好吃",而是"会吃"。吃出了"生活的艺术"来。为说明他对美食的挑剔,小说中举了一个例子,顺带介绍了至今健在的老字号"朱鸿兴"。这是苏州一家出名的面店,如今还开设在怡园的对面。先是一段文字眼花缭乱地说了吃面的许多讲究。如果是朱自冶向朱鸿兴的店堂里一坐,你就会听见那跑堂的喊出一大片:"来哉,清炒虾仁一碗,要宽汤、重青,重交要过桥,硬点!"这还没完,朱先生要吃面,一定要吃"头汤面",依他所言,面下多了便有一股面汤气。"朱自冶如果吃下一碗有面汤气的面,他会整天精神不振,总觉得有点什么事儿不如意。所以他不能像奥勃洛摩夫那样躺着不起来,必须擦黑起身,匆匆盥洗,赶上朱鸿兴的头汤面。吃的艺术和其他的艺术相同,必须牢牢地把握住时空关系。"

这样的人,虽不至成阶级敌人,身为社会寄生虫,在"文革"也自然是人人得而诛之。于是挨了许多苦,但为了吃却一一忍受下来。靠本能生活的人,总有一股子求生的韧劲儿。终于守得云开见月明,盼来了改革开放。传统价值重估,饮食文化复兴。他吃了多年的经验,突然成金,摇身一变成了美食顾问,到处讲学授业。小说临到末了,有一段颇为精彩。说老朱一登台便向听众提出一个问题:做菜哪一点最难?台下"刀功""火候""选料"一顿乱猜。他一一摇头,然后石破天惊，说是"放盐"。为什么呢？他便解释，因"盐能吊百味"，盐一放，来了，鲍肺鲜、火腿香、莼菜滑、笋片脆。盐把百味吊出之后，它本身就隐而不见，这一段说的，连高小庭也佩服之极，足以为他"拨乱反正"。在英文里，the salt of earth 也指社会精英，可见其调和鼎鼐之功。马克·科尔兰斯基写了一本书《盐》，洋洋洒洒，言其琐屑，又言居功至伟，推波助澜，可造就历史大事件。朱先生说得家常易懂，才是微言大义。

孟子与告子辩论，告子曰："食色性也。"区区四个字，为一千年来压抑下中国人一点小放纵，找了个站得住的借口。但知堂与陆文夫，似乎都不怎么关心两者间的譬喻与投射。"吃"为第一等要务，对于"性"，周先生是不屑得很。他在《卖糖·附记》中说："外路人又多轻饮食而着眼于男女，往往闹出《闲话扬州》似的事件，其实男女之事大同小异，不值得那么用心，倒还不如各种吃食尽有趣味，大可谈谈也。"真是一副事不关己的神气。而"美食家"朱自冶虽非柳下惠，娶了颇有姿色的孔碧霞，只是因为她是个好厨子，令人情何以堪。

然而当代美食界出了个殳俏，却接过了夫子的薪火，将"饮食男女"发扬光大。一部《双食记》，将食色的险象环生、相生相克写得淋漓尽致、活色生香。小说讲述一个男人游刃于两个女人之间,一个热辣,一个清纯。男人运筹帷幄,以为可坐享齐人之福。看上去似乎是《红玫瑰与白玫瑰》的翻版。然而,这一对玫瑰除了好看,却还真是秀色可餐,是可以入菜的。"他步行着便能走到另一个热烈的起点,开始新一轮的火辣辣的饕餮。他便是这样周旋于两种迥然的风味之间,有着掌控一切的满足感。并且他的胃也似乎养成了天然良好的习惯——五点半一过即开始渴望一盅好汤的醍醐灌顶,而八点半一过,舌尖又在为了辣椒花椒豆豉豆瓣而骚动着。"女人之间无知觉的对垒,变成川粤两大菜系的较量。男人陶陶然间,全然不知自己已走在了钢丝上。当他眉毛头发一把把地往下掉,才意识到不妙。转而求教于略通中医的同事,只换来建议他节制性生活的嘲笑。在他接受了江湖郎中关于进补和多吃维生素 C 的建议后,安之若素地躺倒在了两个女人的美食温柔乡里。他在昏迷中苏醒,医生问,"如果清醒了,要劳烦病人回忆一下这一两个星期以来你的菜单"。他用微弱的声音一个一个详细地报上来,那些至够美味至够经典的菜式,医生却皱起眉头:"这便是发疯了,你倒是可以去告发你们家做饭的那个人。"接下来犹如案件重现,倏忽间,美食全成阳光下的罪恶。两个女人的菜式搭配,收效天衣无缝。猪肺和田螺,兔肉和芹菜,让毛发脱落;

葛亮 小山河

豆腐和蜂蜜，豆腐和洋葱，致耳聋眼花。历数之间，皆是凶手同盟。而最为处心积虑之处，是被医生告知："你是不是有吃维生素C来挽回过你近期的脱发？但同一个时间你又吃下那么多虾，这两样东西在你的肚子里变成了砒霜。"高潮处则顺应男主人公的视角，两位素不相识的女主角在病房里相遇，眼神一瞬间交会。这便是触目惊心的一幕。男主角带着"最毒莫过炊妇心"的感叹，留在了后半生的阴影中。即此，小说简直成了男权长日将尽的教育读本。

　　导演赵天宇将小说《双食记》搬上银幕，将小说中眼神交会的一瞬，完整演绎为完美可观的阴谋论。他参考大量的美食书籍，且求教于中医专家，研制出七套相生相克的食谱。影片中的主妇与小三之争，成为血淋淋的欺骗盟约。弃妇、怨妇加妒妇，衍生出了惊人的烹饪才智。思路之缜密，堪比《达·芬奇密码》。余男饰演的角色，老谋深算，令人不寒而栗。吴镇宇招牌表演中的神经质，恰如其分成了被迫害下的好注解。"食物相克"，借刀杀人。虽然主题凛冽阴暗，说到底，却是客观深刻的辩证。好而美之物，得其味，齿颊留香，已为至境。切忌饕餮，浓烈挟裹，过犹不及。

霓裳

一九四二年，张爱玲完成散文《更衣记》，在给《二十世纪》投稿时，附上了亲手绘制的十二幅相关的服饰发型图。

其中有一些争议。张爱玲是个"恋衣狂"（clothes-crazy），可谓人所共知。一九四四年版的《流言》封面至今为人津津乐道。柯灵算是她惊世骇俗的支持者之一。张自然不甘于做一位实践家，进而要成为一位理论家。但后者的身份有关这篇文章，喜欢的说是小文大成。质疑者则说她不过是拾了老师许地山的牙慧，不然不会写得如此大气。张爱玲于一九三九年起就学于港大，其时许先生受聘于香港大学中文学院任教授。张确实极少提到这位老师。关于师生之谊，其文予人印象的大概除了弗朗士便是贝查。若真要附会一番，就要说到《茉莉香片》中那个将长衫穿出了"萧条的美"的言子夜，大约是以许为原型。

许地山是现代文学史上有名的文化杂家，教书创作之余，谱词曲、善琵琶、精插花，对服装、古钱币等研究皆颇为精深。在中文学院期间，曾以英语讲授《中国服饰史》，并为"中英文化协会"做过题为《三百年来中国妇女服装》的讲演。一九三五年天津《大公报》的《艺术周刊》曾分八期连载了他的长篇论文《近三百年来底中国女装》。文章细述清兵入关以来至近代中国大动荡中女性服饰的沿革情况，洋洋万言，考据靡遗，论断之一便是"女人底衣服自明末以至道光咸丰年间，样式可以谓没有多大的改变"。

不过，这篇文章的贡献，也不容小觑。难得是张爱玲在衣服上看出超越时代的"社会政治"："他们只能够创造他们贴身的环境——那就是衣服。我们各人住在各人的衣服里。"这句话意味深远。艺评家伯格尔（John Berger）分析德裔摄影大师桑德尔（August Sander）在一九一三年拍摄的一幅照片，是三个身穿西服的农民在去舞会的途中场景。伯格尔指出西服穿在劳工身上和穿在商人身上的差异性。彼时西服尚未如当今普及，原为商人而设计。穿到这几个青年人身上，表面似乎建立了某种平等，恰又变相强调了阶级关系。大约就是所谓"着龙袍不像太子"，反而显出寒微来。伯格尔的结论是：西服已经发展为一种"统治阶级的制服"，同时象征着某种被定制的文化霸权标准。在《更衣记》，张爱玲写道："逢着喜庆年节，太太穿红的，姨太太穿粉红。寡妇系黑裙，可是丈夫过世多年之后，如有公婆在堂,她可以穿湖色或雪青。"可谓谨规严律。写到穿裘皮,便是"'有功名'的人方能穿貂"。在我国文学典籍中,"因人制衣"的文字,可谓源远流长。如脂评对《红楼梦》有一段颇有见地的评述:"贾母是大斗篷,尊之词也;凤姐是披着斗篷,恰似掌家人也;湘云有斗篷不穿,着其异样行动也;岫烟无斗篷,叙其穷也。只一斗篷,写得前后照耀生色。"写专制家庭里的生活,巴金与张爱玲南辕北辙,将女人更是打造得无一点风致。但服饰描绘上,却与张文有所呼应,可为补证。他写侍妾婉儿,"穿了一件玉色湖绉滚宽边的袖子短、袖口大的时新短袄,系了一条粉红湖绉的百褶裙"。这便是张说的民初服装天真的走向,"'喇叭管袖子'飘飘欲仙,露出一大截玉腕。短袄腰部极为紧小"。一望既知,这里面还是男性的窥视欲在作祟,遮遮掩掩,欲拒还迎。婉儿是董乐山的小老婆,老朽眼中的时髦,是"五四"新派的开放上头,莫名又在坦荡处狠狠地缝上了几针,方不为失礼。穿的人和看的人,都不觉得十分委屈。这便是民国突然之间海纳百川的好处了。

前段时间,看一档叫作《鉴宝》的节目。有这么一集,展示了旗袍上百年的演变,真是开了眼界。不同于在《花样年华》中看张曼玉霓裳迭转的眼花缭乱,那毕竟是浮光掠影的轮廓,禁不起推敲。这回的眼界开在了实在的细节上,说起一个例子,及至晚清,传统的中国服饰,最大的特色仍然是在镶边的装饰上。所谓"镶沿",风气原起于咸丰,盛于同治,沿领口、襟边、脚位的侧衩,由"三镶"发展至不厌其烦的"十八镶",花边面积占上了衣衫面积的近一半。也有刺绣织成的"片金缘",富丽更只有皇室可享。即便是原料,传统的丝绸工序之繁复,亦令人叹为观止。云锦的织造速度,两个工人一天可织出几十公分;若是缂丝,一天只能一两寸。张爱玲便在《更衣记》中感叹:"在不相干的事物上浪费了精力,正是中国有闲阶级一贯的态度。惟有世上最清闲的国家里最闲的人,方才能够领略到这些细节的妙处。制造一百种相仿而不犯重的图案,固然需要艺术与时间;欣赏它,也同样地烦难。"因此,她便很是赞成时装"化繁为简"的作风,认为"点缀品的逐渐减去"是去芜存菁,甚至拿了"欧洲的文艺复兴时代"的"紧匝在身上"的时髦来励志。

的确,中国服装发展至上世纪初,与政治体系向民主自由的转型相辅相成。女性经济独立,现代活动空间的扩大都有关联。这种变化先声夺人,为服饰带来重大的变革,逐渐简单、清晰、合理。晚清吴友如所作的《海上百艳图》与民初的丁悚作《民国风情百美图》两相比较。前者花团锦簇的宽衣大袍，繁复的盘髻旗头，不堪重荷。后者清爽简单的发髻，紧身窄袖，少女竟着起了裤装，骑着脚踏车，从头至脚都飒爽逼人。区区四十年，简直是"衣穿人"和"人穿衣"的区别。

但张爱玲敏感地道出民国期间，中西文化系统对时装定位的差异性，其焦点在于对时尚的引领，发端于个人或是大众。这观点颇具前瞻性。"究竟谁是时装的首创者，很难证明，因为中国人素不尊重版权，而且作者也不甚介意，既然抄袭是最隆重的赞美。""我们的裁缝却是没主张的。公众的幻想往往不谋而合，产生一种不可思议的洪流。裁缝只有追随的份儿。因为这缘故，中国的时装更可以作民意的代表。"她多少有些不满，认为中国没有 Lelong's Schiaparelli's 垄断一切，气势汹汹地造就潮流。但却对于世界时装发展的趋势，变相地做出了预言。西方的时装界在二十世纪六十年代也发生了根本的改变，其中最为显著的特征，恰是"服装的民主化发展"。皮尔·卡丹（Pierre Cardin）是识时务的俊杰，在社会变革中得以顺利实现产业化转型，便是与时俱进的范例。话说回来，进入九十年代后，时尚界重拾潮流引领者的角色。这回大众媒体的介入，功不可没。时装作为大众文化产品，与创作设计者之间的疏离，恰由现代传媒以文化桥梁的形式得以沟通。时尚杂志、大型的时装发布会、电影与电视所造就的偶像效应，使得传媒在时装产业链中，超越了创作者与消费者的地位，而成了时尚最终的决定者。如此，张爱玲实在有些生不逢时，以她的时尚敏感与触觉，再加之一贯的特立独行与不居人后，中国要出一个"穿Prada的恶魔"式的人物，大致也非她莫属。

若说起对衣物的嗜好，张在文坛并非没有后之来者。朱天文算是一个。天文与张的渊源，不用多说。文字口味与对物质的态度上皆有"祖师奶奶"的遗韵。这条轨迹，一直到《巫言》还都清清楚楚。只是后者的胜于蓝之处，大概在于对物质是拿得起，却也放得下。

最近又读她的《世纪末的华丽》，才明白张爱玲当年厉形厉色的"怕"，在朱天文转为了"冷"，实在是时代的幸耶不幸。小说中二十五岁的模特米亚自感已然老去，朱的笔调同样是老气横秋。不事情节专写服饰，如谶语般的文字排闼而来。回忆与失忆，构成最为华美靡废的世纪末的想象。后工业化时代，人人自危，全球化浪潮席卷而来。想要标新立异，却无所适从，个个担心被时间遗弃，唯有亦步亦趋。"米亚一伙玩伴报名参加谁最像玛丹娜比赛，自此开始她的模特儿生涯。"这一年麦当娜亵衣外穿，登上《名利场》封面。米亚却回忆起，查尔斯王子戴安娜王妃的世纪婚礼，"戴妃发人人效剪。这次童话故事没有完，继续说，可哀啊"。这篇小说写毕七年之后，戴安娜与情人，死于车祸。意外于狗仔队的穷追不舍之下，现代传媒与这位世纪偶像，载浮载沉，成败一萧何。其芳魂永驻，离世弥留。所谓"权威人格"，弗洛姆定义得颇为诗意，"由孤独的个人面对一个强大的世界而感到自身的软弱并力求克服这种孤独感而产生"。主体逐渐崩溃、个体性模糊，逃避深重疏离感，模仿与时尚标的成为必由之路。无分代际，遑论性别，甚而国族。一九五三年八月，《罗马假日》在美国上映。奥黛丽·赫本从一个影坛新人一夜间大放异彩。她清秀典雅的脸孔瞬间同时出现在各大报章杂志上，著名的"赫本头"也就因此开始成为了当时少女们所跟随流行的发式；一九七六年，硬汉高仓健主演了佐藤纯弥导演的《追捕》，这部影片算得上在中国最有影响力的日本电影，检察官杜丘的形象深入人心，高仓健由此成为亿万中国观众的首席日本偶像，当年一个服装厂依照高仓健那款风衣生产了十万件，半个月售罄。风衣的正确穿法，是竖起衣领，效仿者脸上没有杜丘的惝惝惶惶。我的父亲，也曾是这拉风队伍中一员。因为这件风衣，改革开放后的一代青年人在集体性的人格教育中重塑"男性"的定义。

时尚于性别政治，别具关联。"男性大扬弃"时期，时装经历着频密且富戏剧性的变化，彰显柔美特质，通过服装的变化表现情欲转换，使性吸引力焦点不断转移。"白云苍狗，川久保玲也与她打下一片江山的中性化利落都会风云决裂，倒戈投入女性化阵营。以纱，以多层次线条不规则剪裁，强调温柔。……米亚告别她从国中以来历经大卫鲍依，乔治男孩和王子时期雌雄同体的打扮。"与此同时，致敬艺术经典势成潮流。"梵谷（凡·高）引动了莫内，绽蓝、妃红、嫣紫，二十四幅奇瓦尼的水上光线借衣还魂又复生。"二〇一二年纽约时装周，来自美国的时装品牌，Rodarte与朱天文的文字遥相呼应。将凡·高一系列名作，以印花、刺绣等方式，搬上了时装。油墨画般的印花，盛放于丝绸。设计以绵密刺绣，交缠雪纺，依次可见向日葵、鸢尾花、星夜、乌鸦飞过的麦田，如魅影复现。

暂借

有这么一种说法，张爱玲的小说，是电影改编的陷阱。大意是，张文是参不透的文字圈套。再得心应手的导演，身在庐山，都从游刃有余变成捉襟见肘。李安让这番话成了局部真理。历数下来，最为让人耿耿于心的还有《倾城之恋》，目前"触电"的张氏小说中关乎香港的另一部。

数年前，"皇冠"出版了张爱玲的遗稿《重访边城》。这部稿件的发掘实出偶然。起因仍是大热的电影《色，戒》。张爱玲的好友宋淇、邝文美伉俪之子宋以朗先生，应邀为"张爱玲，《色，戒》与香港大学"专题展览整理资料，发现了这部一九六三年张重游台港两地的中文手稿。这本是一桩好事，却让张爱玲与香港间的暧昧关联更添了一重雾霭。

在港大若干年，每天走过张爱玲走过的老路，其实并无太多的知觉。曾几何时，港大捧在手心里的是孙中山、钱穆和饶宗颐。张与港大的两不待见，的确饶有意味。

张对香港不即不离，有雄辩的理由。因为战乱，失去了去伦敦求学的机会，勉强留于斯。香港说到底，只是她的暂借地。小说之外，张爱玲以散文立世，写到港大的，唯有一篇《烬余录》。这文章的基调，是灰黯阴冷的，透着恨和遗憾。事实上，这所背景显赫的大学，对张爱玲即使算不得礼遇，也并没有薄待。张爱玲自己也写过："港大文科二年级有两个奖学金被我一个人独得，学费膳宿费全免，还有希望毕业后免费送到牛津大学读博士。"这两个奖学金，分别是何福奖学金与尼玛齐奖学金。两个奖学金都是颁给当年成绩最优秀的学生。然而，也正是这两个奖学金造成了后来张在美国求职过程中与港大间的纠纷，都是后话了。

刨去以上世俗种种，港大对于张爱玲的爆发式的成名，算是一根引线。张爱玲的文学生涯，开始于港大。她的处女作《天才梦》，其中一句"生命是一袭华美的袍，爬满了蚤子"，几乎定下了她后来小说的基调，张迷们耳熟能详。这其实是篇学生征文。她念港大一年级时所写，那时候是一九四一年，还因此得到《西风》月刊三周年的纪念征文奖。张在一九四三年发表的小说里，八篇有一半关乎香港，《沉香屑·第一炉香》《沉香屑·第二炉香》《茉莉香片》与《倾城之恋》。最末一篇几乎成了她的短篇巅峰之作。

香港在这些小说里，算不得值得称颂的意象。张特地为集子《流言》写了序言《到底是上海人》，其宣言式的表白显出十足的暧昧气："我为上海人写了一本香港传奇……写它的时候，无时无刻不想到上海人，因为我是试着用上海人的观点来察看香港的。只有上海人能够懂得我的文不达意的地方。"这大约就是问题所在。张对香港的书写，其实在演绎她个人的"双城记"。其间有点忿忿然，又有点讨好。这也难怪，一个骄傲如斯的人，在英国统治氛围中仰人鼻息，确是不爽，到头来是要回到家里求认同。张无形间造成了两种文化形态的对峙，也是出人意表。《沉香屑·第一炉香》里，张将香港定义为英国统治者观照下的客体，以一味奉迎的姿态扮演着"寡廉鲜耻"的角色，试图给"英国人"一个具体而微的中国。但是这里的中国，是西方人心目中的中国，荒诞、精巧、滑稽。在张爱玲的笔下，葛薇龙的堕落，多少是随着香港的堕落滑下去。葛薇龙是来自上海的好儿女，成了婊子，也是因为其时的香港是个妓寨，清者难自清。

在香港生活逾五年的张爱玲，对这座城市有着可触可感的认识。抬高到书写策略的层面，会发觉其在叙事中频繁地模仿英国统治者的限知视角，对城市进行物化呈现，反讽之意不言自明。然而，张主观上又同时凸显了自己作为上海人的注视。以上表述饶有兴味处在于，

"上海"对"香港"的优势，最终以英国统治情境中的民族主体意识做了画皮。李欧梵解释道："对张爱玲来说，当香港在令人无望地全盘西化的同时，上海带着她所有的异域气息却仍然是中国的。"而当张爱玲将之内化为一种文化优越感，指出"香港没有上海有涵养"时，却时以边缘化的且带有利己主义色彩的小事件作为佐证，形成内涵与外延的落差。

这就不得不提到一篇散文，《烬余录》写在一九四四年，可说是张氏"小说香港"的注脚，也是篇让张爱玲落笔踌躇的文字。此时香港已沦陷，是二战时的围城。张在文中写："战时香港所见所闻，唯其因为它对于我有切身的、剧烈的影响，当时我是无从说起的。现在呢，定下心来了，至少提到的时候不至于语无伦次。然而香港之战予我的印象几乎完全限于一些不相干的事。""不相干"恰是张爱玲最擅长的东西，无涉民族大义，自然亦非关"正史"。"我没有写历史的志愿，也没有资格评论史家应持何种态度，可是私下里总希望他们多说点不相干的话。"如此开宗明义，已为张的香港印象定下了基调，即宏漠的政治大格局之下的人生琐感。

这文章背景之下的张爱玲，正在港大担任着学生看护的职责。每日直面生死，职责本有高尚的面目，张看到的却是绝望与鄙俗，并且与种种"不相干"纠缠不清。张文中提及的"临时救护中心",最早设在陆佑堂,位置在港大的本部大楼。这建筑曾经也在电影《色,戒》出现。可惜张不逢时,看到陆佑堂生生被炸掉了尖顶。后来"救护中心"便转移去了"梅堂"(May Hall)一带,那里曾经是港大男生宿舍。这也是《烬余录》身后灰扑扑背景的原型。"梅堂"其实并不黯淡,一百多年的红砖老建筑,现今还没什么破落相。黄昏的时候,从"仪礼堂"拾阶而上,经过那里,还看得夕阳里头有三两个男孩子在拱廊前的空地上打篮球。那局面,几乎可称得上静好。

张爱玲对于这场战争的态度,自己说得极到位:"是像一个人走在硬板凳上打瞌睡,虽然不舒服,而且没结没完地抱怨着,到底还是睡着了。"其间对于她个人,最大的事件大约是历史老师佛朗士被枪击误杀。这老师是她所爱戴的,在其散文中频频出现,几乎影响了她的人生观。张对她所经历的种种"不相干"却有着可怕的清醒。文字交接之下,可称得上触目惊心:"我们立在摊头上吃滚油煎的萝卜饼,尺来远脚底下就躺着穷人的青紫的尸首。""我记得香港陷落后我们怎样满街的找寻霜淇淋和嘴唇膏。"在死难者的身后,"我们这些自私的人若无其事的活下去了"。而此时有关港大的回忆,是"战争开始的时候,港大的学生大都乐得欢蹦乱跳,因为十二月八日正是大考的第一天,平白地免考是千载难逢的盛事"。对"大"的冷漠规避与对"小"的念兹在兹成就了张爱玲的香港镜像。

"去掉了一切的浮文,剩下的仿佛只有饮食男女这两项。"这结论是十八天的围城历练给张爱玲世界观的馈赠。"男女"自不待言,已经成为《倾城之恋》中的白流苏和范柳原,及一切自私的男人与女人的人生宝典。而饮食一项,张爱玲也自有服人于膺的小细节:大约在战争的压榨下,所有的本能都披了罪恶的皮囊。因为没有汽油,汽车行全改了吃食店,没有一家绸缎铺或药房不兼卖糕饼。香港从来没有这样馋嘴过。

数年后的《重访边城》,背景也是微妙的。一九六三年,内地形势,是山雨欲来。张爱玲曾置身于罗湖关卡的人潮,带了些许惶恐。倒还没忘记冷笔写下人物皆非的景象:

> 这次别后不到十年,香港到处都在拆建,邮筒半埋在土里也还照常收件。造出来的都是白色大厦,与非洲中东海洋洲任何新兴的城市没什么分别。偶有别出心裁的,抽屉式阳台淡橙色与米黄相间,用色胆怯得使人觉得建筑师与画家真是老死不相往来的两族。……这种

> 老房子当然是要拆，这些年来源源不绝的人快把这小岛挤坍了，怎么能怪不腾出地方来造房子给人住？我自己知道不可理喻，不过是因为太喜欢这城市，兼有西湖山水的紧凑与青岛的清洁，而又是离本土最近的唐人街。有些古中国的一鳞半爪给保存了下来，唯其近，没有失真，不像海外的唐人街。

这段落的意味在于，张第一次明白地道出对香港的"太喜欢"。较之十年前的种种，这结论算是出人意表。或许张对这城市的情绪，本就是剪不断理还乱的千丝万缕。或许因为年岁与阅历，除却了锋利的态度，开始看出了过往旧地的好处。恐怕对张而言，总是真心的。这香港之行的后半段，色调仍是物质的。张爱玲探访老街，倏忽忆起原是摆绸布摊的繁盛处，辗转之下，因一块玫瑰红的手织布，竟做起了中国纺织史的考据，洋洋近万的文字，由唐宋明清十三行忆至一九四九年，实实在在地偏了"游记"的题。然而，这时的张爱玲，大约于这浮华放纵的城市与文字，已隔了很久，终于恣肆起来。

张爱玲眼中最后的香港。隔开四十余年的烟尘，终于见了天日。其实早在一九六三年，便有公开发表在 *The Reporter* 上的英文版，有个俏皮的标题"Are you Mrs Richard Nixon？"（你是理查德·尼克松太太吗？）张爱玲此行刚下飞机，便被一个陌生的男子误认为尼克松太太。后者是美国前总统的夫人。张爱玲终于忍不住，带着些许虚荣的口吻，与前来接机的中国友人谈起这桩误会。

对方不好意思地说："有这么个人老在飞机场接飞机，接美国名人，有点神经病。"

这个暧昧的张爱玲。

书衣

整理书架,翻出一本书,是北京三联版姜德明先生编的《书衣百影》。这本书是一位前辈朋友的赠予,一直珍藏。书中选了一九〇六至一九四九年期间的一百张书影。从《孽海花》至《莫里哀戏剧集》。

对于书籍,我是个不打折扣的封面控。这一点体现在对版本的热衷。一本书的成败,作者与出版人只是一端。设计师才是最后那个与读者"狭路相逢"的人。在这方面,鲁迅算是一个先知。他作为不错的装帧家的身份,大概并不广为人知。因为一贯的导师范儿,他周围颇聚集了一批年轻的设计师。数得上名字的,有陶元庆、司徒乔、钱君匋、孙福熙几位,其中我特别喜欢钱君匋。钱先生早期的设计,常用字体和横竖直线。比如 L. Kampf 作、巴金译的《薇娜》一书,大开大阖的美术字,独中文书名是红色圆底的反白。十分净简,却视觉张力十足,令人击节。后来接触到为许多学术类书籍操刀的台湾设计师王志弘,其作品素洁大气,很有钱氏的风范,深感相见恨晚。

葛亮 小山河

"五四"时期，作家直接参与书刊的设计，是一大风尚。自然也和当时文人办出版社的传统息息相关。鲁迅、闻一多、叶灵凤、倪贻德、艾青、卞之琳等人都在此领域尝试过。因为叶灵凤的这个才能，当年创造社的出版物颇增添了光华。叶曾为《洪水》半月刊创刊号做过封面，刊名"洪水"两字上方展开双翅的鹰与两条蛇构成图案，鹰的胸前佩一把长剑，下方是滔滔洪水，左下角是一个撕破了的假面具，画面怪异恣肆，面具是比亚兹莱的招牌意象之一。这个英国人也是叶氏借镜最多的外籍画家，此为一证。因生性唯美，叶也的确对比亚兹莱亦步亦趋。鲁迅曾痛斥他"生吞'琵亚词侣'"，指的也便是这件事。叶当时在书装界的声名很大，或许遮没了其他人的成绩。要说起被"品牌化"的作家设计师，还有个名字不得不提。看了一个作品，可从封面上发现两位新月派诗人的惺惺相惜。一九三一年，新月书店初版了徐志摩的《猛虎集》。书质感很好，32开道林纸印制。将封面与封底展开，便是一张完整的虎皮。这么现代派的装帧思路，在当时极为少见。虎斑可见书法元素的简约，飞白寥寥，含蓄凝重。放到当下，这样中西合璧的书封，也令人叫绝。它的作者是闻一多。不仅是这本书，徐志摩的另外几本诗作，《巴黎的鳞爪》《玛丽玛丽》的封面，也都是闻先生操刀。这也是一段佳话了。而对自己作品的出版，闻一多亦是无微不至。当时，《红烛》一书付梓。彼时留美的闻一多，虽然将出版事宜全权委托好友梁实秋与国内书局交涉，装帧、用纸乃至成本、售价等问题，闻氏仍有细密的考量。特别是书装，他在一九二二年十一月给梁先生的一封信中说："封面上我也打算不用图画。这却不全因经济的关系。我画《红烛》底封面，更改得不计其次了，到如今还没有一张满意的。一样颜色的图案又要简单又要好看，这真不是容易的事。我觉得假若封面的纸张结实，字样排得均匀，比一张不中不西的画，印得模模糊糊的，美观多了。其实 design 之美在其 proportion 而不在其花样。"纵观时下的书籍装帧，多以夺人眼球为要。比起当年闻先生的简约理念，仿佛不进而退。

一九三三年，闻一多为他清华大学的学生林庚的诗集《夜》设计了一帧封面。图案摹写美国著名的版画家洛克威尔·肯特的木刻作品《星光》。画幅右下方却绘上了一只中国神兽"天禄"的石雕。可见其"中西会通、古今融合"的美学理想，不囿于诗作，而是另有薪火。

说起当今的书装设计师，出色的很多。面面俱到不容易，恐有遗珠。所以还是落到实处，从已出版的几本拙撰谈起。

先谈谈操刀《朱雀》初版的蔡南升。当年付梓台湾麦田，出版社问我说，有无方法在装帧上传达既历史又现代的感觉。其实是个既易且难的题目。这部长篇小说，关乎南京由民国至千禧七十年的时光。南京号称"六朝古都"，已然形成了某种人文界域中的 stereotype，多半与沉重、晦暗与救赎相关。我想了想，给了出版社一张汉瓦当上的"朱雀"图。这张图片自然是很优美的。拓印的斑驳代表着历史的断裂，寓意深远。编辑很喜欢，又摇头。说，设计师还是觉得构图太厚重了。我对此也很理解。这本书被收入"当代小说家"书系，有相对固定的版式，稳重沉和。而对设计师来说，却成了"戴着脚镣跳舞"的考验。瓦当的古朴，自然使画面更为凝重，但也占据了诠释的空间。我便说，如果设计师有更好的图案，自然割爱。但定稿发来时，确有喜出望外之感。"朱雀"被保留了下来。在神兽的身边，是纷纷落下的血色的羽毛，细腻可见毫微。整个封面，一时之间充满了轻盈的动感，象征着某个当下与远古的连接。我因此记住了设计师的名字。近来看到他的新作品。是资深作家蒋晓云的《桃花井》，半透明的花瓣，是历史光影的重叠，很好。次年，内地出版了《朱雀》的简体版，设计师是聂永真。聂先生是台湾设计界的多面手，听闻与王志弘、萧青阳并称"三驾马车"，但其实是很年轻的一位。早年玩跨界，周杰伦、王力宏、五月天的唱片封套皆出自他手。而打动我的，则是他为宫本辉设计的《锦绣》封面。"直书信纸"格式，朴素而辽远，正是我想要的感觉。永真的设计以简约著称，也以对材质的注重而闻名。所以，简体版的《朱雀》的气象确与台版不同。待样书拿到手上，方明白他对"浅毛棕"的坚持。这种纸本身的手感，的确是对南京最好的注释。持重但不笨重，有一种细致的糙感，是柔润的大气。而"朱雀"的图案，则是昂天腾空的形态，轻灵而凄绝。关于书名烫黑的字体，又是一番功夫。因为他同时担任了我另一本小说《七声》的设计。《七声》因为纪念之故，用了先祖父挚友王世襄先生的亲题书名。为了呼应王先生的墨宝，永真从《二南堂法帖》选了"朱雀"二字，与《七声》清新的田园风遥遥呼应，相得益彰。

庄谨铭也是年轻一代设计师中的翘楚。我在台湾出版的第一本书《谜鸦》的装帧，是他的作品。一双翅膀，抽象而幽邃的现代感，为这本书增色许多。待到数年以后，再出《戏年》。我提供给出版社一帧好友赠予的藏族"唐卡"，希望以之表达"此戏经年"之意。封面稿样出来，效果与我的想象如此接近，似心有灵犀。再看设计师，是庄谨铭，虽素未谋面，却有故人重逢之感念。这封面中所表达的民间与写实的意味，与他往日的风格大相径庭，可见一个设计师的可塑性。近见他的获奖作品，列维史陀的《月的另一面》，一本学术书的封面，做得浪漫而伤感，动人处是他对这位人类学家的心有戚戚。

　　活跃于内地的设计师，优秀的很多。知名度较大的如出身香港的陆智昌、朱赢椿与张志全，大小书肆，也时见佳作。我很喜欢的一位，是南京的朱赢椿，他的"书衣坊"出品的《不裁》与《蚁呓》，被我放在案头，经常翻一翻。一本书可以令人时有把玩之兴，是很不容易的事。说他的设计并非工作，而是一种态度，此言不差。南京还有一间"瀚清堂"，近来在业内名声日隆，堂主是赵清。我最近出了简体版《谜鸦》《浣熊》，由他操刀，精致的小开本，手绘的工笔动物。创意也令人惊喜。有时候，看自己的文字成为另一种艺术品的源头，也是件欣慰而幸福的事情。方尺之间，自有因缘。

先生

近来因为电影《黄金时代》,都在谈萧红。连带萧红的小说、散文、杂文等,都成了出版社掘地三尺的所好。周边则是萧红传、萧军的书、丁玲与端木蕻良的小说。几乎有些嘉年华的意味了。

这实在是萧红所想不到的事情。萧红的性格特出,在她的纯净,为文亦如此。萧红与人相处,如孩子般明朗直接,亦单纯得很。其中印象很深的,大约就是她和鲁迅。鲁迅是不好相处的。大约以心换心,对萧红却格外有一份温存。《黄金时代》找来王志文扮鲁迅,除去高大的身量不谈,许鞍华导演实在是独具慧眼。王志文是个戏骨,又较真,为人质地坚硬得很,不苟言笑。可一笑起来,便是暖男,力量摧枯拉朽。

多年前,看萧红写《回忆鲁迅先生》,开头数段,很家常,写鲁迅对她着装的指导。这段落在电影中只是蜻蜓点水,但文章写得颇有趣。说萧红穿了件"新奇的大红的上衣",问鲁迅说:"周先生,我的衣裳漂亮不漂亮?"鲁迅先生看了一眼说:"不大漂亮。"过了一会又接着说:"你的裙子配的颜色不对,并不是红上衣不好看,各种颜色都是好看的,红上衣要配红裙子,不然就是黑裙子,咖啡色的就不行了;这两种颜色放在一起很浑浊……"更有甚者,他也"略略批评"了一下萧红曾穿过的短筒靴子。萧红有些奇怪,说为什么穿了这么久都不说,如今不穿了倒批评起来。鲁迅说:"你不穿我才说的,你穿的时候,我一说你该不穿了。"这里的周大先生,实在是细腻得很。

鲁迅的铮铮铁骨,在审美的层面,经常被提及的,自然是他所推崇的德国画家凯绥·珂勒惠支。一九三六年,鲁迅带病自费编印出版了《凯绥·珂勒惠支版画选集》。"有精力弥漫的作家和观者,才会生出'力'的艺术来。" 鲁迅以珂勒惠支说项,是夫子自道。后者的画,是他直观而大写的形象。然而,萧红在这篇散文的末尾写道,鲁迅病重时,不看报,不看书,只是安静地躺着,但有一张小画却放在床边上不断看着。这幅画,"上边画着一个穿大长裙子飞散着头发的女人在大风里边跑,在她旁边的地面上还有小小的红玫瑰的花朵"。鲁迅在众多画中,独选了这一张放在枕边,连许广平也不知道为什么。

一九二九年,鲁迅与木刻版画的后辈同好柔石等人共同创立朝花社,"目的是……来扶植一点刚健质朴的文艺"。而同年一月二十四日，鲁迅作了《〈蕗谷虹儿画选〉小引》。蕗谷虹儿的画风自然是与"刚健质朴"毫无关联。《小引》中说，"对于沉静，而又疲弱的神经，Beardsley 的线究竟又太强烈了，这时适有蕗谷虹儿的版画运来中国，是用幽婉之笔，来调和了 Beardsley 的锋芒"。蕗谷是竹久梦二的学生，在《令女界》等刊物成名，大约一生并未摆脱所谓"少年少女杂志的插画画家"的地位。较之同期的画家，蕗谷的画多的是异国风情与都市调性，算是开启了现代日本抒情画的风气。画里的主体人物，多是伤春悲秋的年轻女郎。这画家在本土的运气也并不很好。一九三三年日本人退出"国联"，他的画风自然不合时宜。战后不久，便归隐田间去了。多数的说法是认为鲁迅推介他，是针对海派"艺术家"叶灵凤的抄袭之举。然而，对鲁迅而言，如此大费周章，并不见得只为一个日本的二流画家正名，大约也有他内心的一点"绕指柔"。

因为这么一点点，鲁迅于后人便总有些琢磨不定。在《平人的潇湘》里，胡兰成说鲁迅的可爱处是"跌宕自喜"，这词用得很准确。胡也夸他的正大认真，但也批评他"教育青年之心太切"。想一想，蕗谷虹儿在中国的境遇，或许多少也是痕迹。不过，大先生若泉下有知，是断不会承认的。

无珠

一位读者看了内地版的《谜鸦》，寄来了一张自己绘的插画。画很好看，笔触简洁的鸟，有优美的形体弧线，修长的颈项和空洞的眼睛，我一时间觉得十分熟悉。终于想起来，有关莫迪利亚尼。

莫迪利亚尼是我喜欢的画家。因为早逝，他未赶上一九二〇年代巴黎最好的时候。但是，也许因为生命的戛然而止，反而令他的人与艺术定格在了喧嚣之外。他曾宣言般地表达："我只要一个短促却完整的生命！"并用他在生的三十六年兑现了这一点。米克·戴维斯在二〇〇四年拍了莫迪利亚尼的传记片。其中一幕记忆犹新。莫迪利亚尼和情人珍妮在巴黎街头的微雨中起舞。这一幕在影片结尾复现，再次点睛。然而，安迪·加西亚的演绎美中不足，究竟欠缺一些说服力。加西亚还是太粗粝了，也太笃定，缺乏了对这世界的无力感。莫迪利亚尼的穷困、吸毒与放纵，是向外界抗争的方式。这方式是消极而优美的。在他最潦倒的时候，犹可保持优雅的身段。

最早看到莫迪利亚尼的作品，是《蓝眼女子》(*Woman with Blue*

Eye），背景是深不可测的灰蓝，纤细而优柔的手指，脸庞上是一双湖蓝色的杏仁形眼眸，却无瞳仁。透过这双眼眸中的迷蒙，我们可以望见二十世纪初的巴黎，蒙马特、蒙帕纳斯的美丽与哀愁。

直至当下，这依然是一位难以被懂得的画家。在他十一岁的时候，这一点被他最初的培养者——他的母亲在日记中所预言。她说，"这孩子的特征一直没有定型，所以实在无法描述他会是一个什么样的人物。他的举止就像一个被宠爱的小孩，但他从未缺乏智慧，我们必须等待及观察这茧里是什么：也许他会是一名艺术家"。

尽管在破产的家庭中成长，这位具有远见的母亲教会他有关艺术的尊严，使得他保持了一种独特而纯净的存在方式。例证之一，是他与毕加索之间的关系。事实上，并没有像电影中所表现得水火不容。而他与雷诺阿的初次见面，也不见得如影片中如此惺惺相惜和美好。他的独立更多表现于他短暂的绘画生涯，对不同艺术流派的吸纳。在文艺复兴的滋养中浸淫多年以后，因与毕加索和康斯坦丁·布朗库西等艺术家的交往，新印象派成为他打破艺术规条的利器。而同时期的非洲艺术、立体主义等艺术流派的刺激，使得他在表现主义的道路上另辟蹊径。

当然，关于莫迪利亚尼，不得不提到他矢志不渝的伴侣珍妮·赫布特尼。佳话与悲剧，围绕这对情人剪不断理还乱的一生。莫迪唯一一次击败了毕加索的画作，以珍妮为模特。这是一幅看似平常的作品，一如以往，看见画中的褐发女子修长的颈项、尖削的脸庞以及写意而高耸的鼻子。但是，她却拥有莫迪利亚尼画作中人物所不多见的眼瞳。这瞳仁中的忧伤与承受，恰如其分地勾勒出一个女人面对生命中至爱的态度：坚韧且不离不弃。莫迪对她说，"只有了解你的灵魂，才能画出你的眼睛。"这是结论，也是誓言。

莫迪利亚尼在一九二〇年一月二十四日病逝。葬礼翌日，珍妮·赫布特尼身怀莫迪的遗腹子，从公寓五楼的窗户一跃而下。她的家人将她葬于巴纽公墓。十年后，赫布特尼家族终于将珍妮的遗体迁往拉雪兹神父公墓，安葬在莫迪的墓旁。一家人终得团聚。她的墓志铭写着："珍妮·赫布特尼为伴侣长眠。"

他们的大女儿珍妮·莫迪利亚尼，是这个艺术家庭唯一的在生者。一九五八年，在美国出版她父亲的英文传记，名为《莫迪利亚尼：人与神话》。

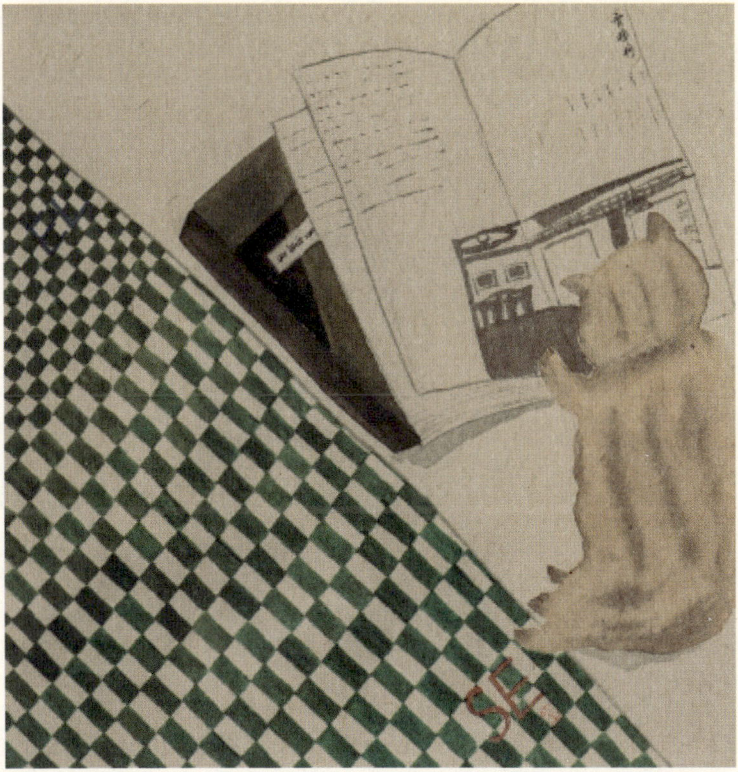

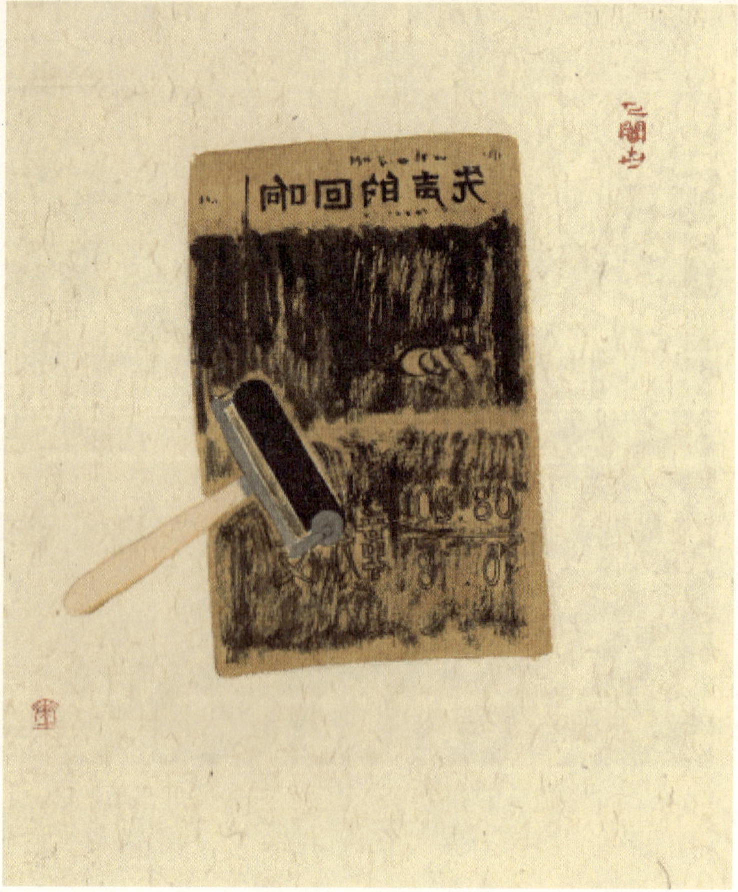

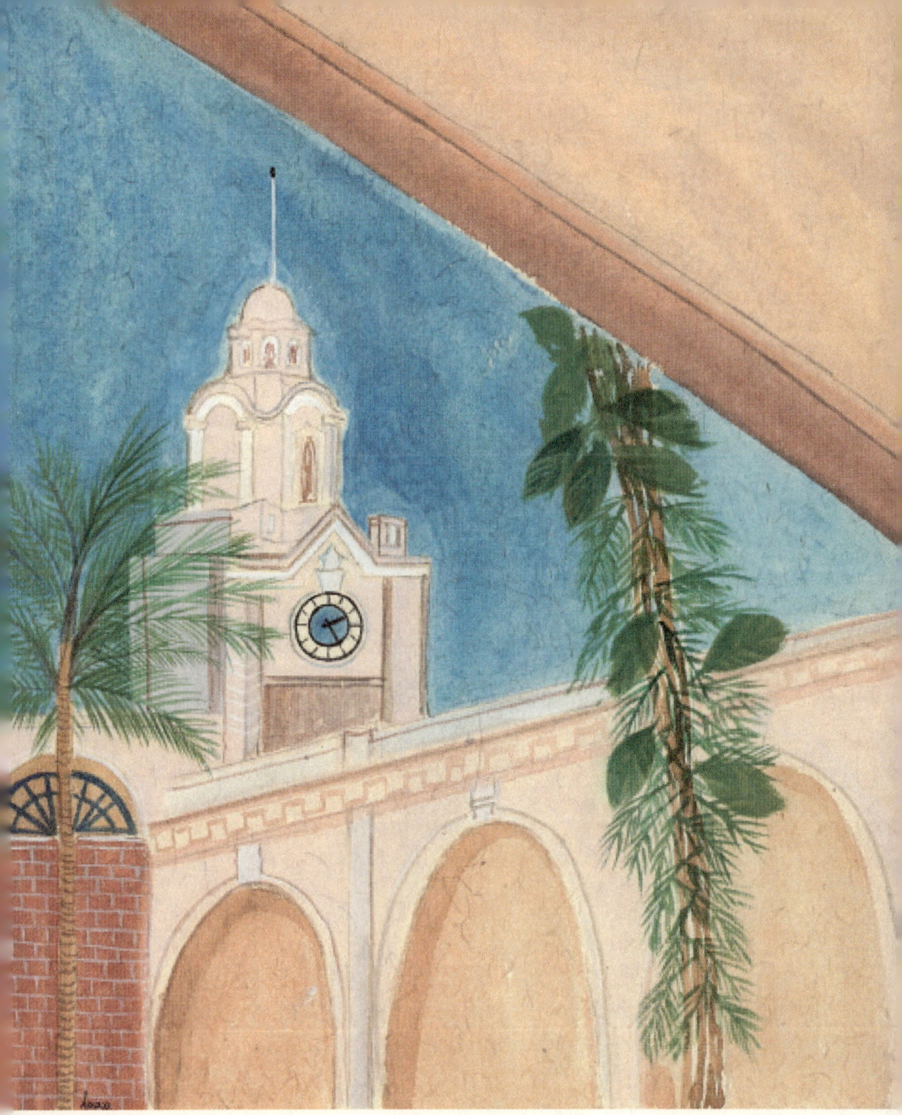

秋天該很好你若尚在場
秋風即使帶涼亦漂亮
深秋中的你填密我夢想
就像落葉飛 輕敲你窗

M. BUTTERFLY

鉢仔糕

落葉

我又再次見到了那飄蕩著的一片落葉。

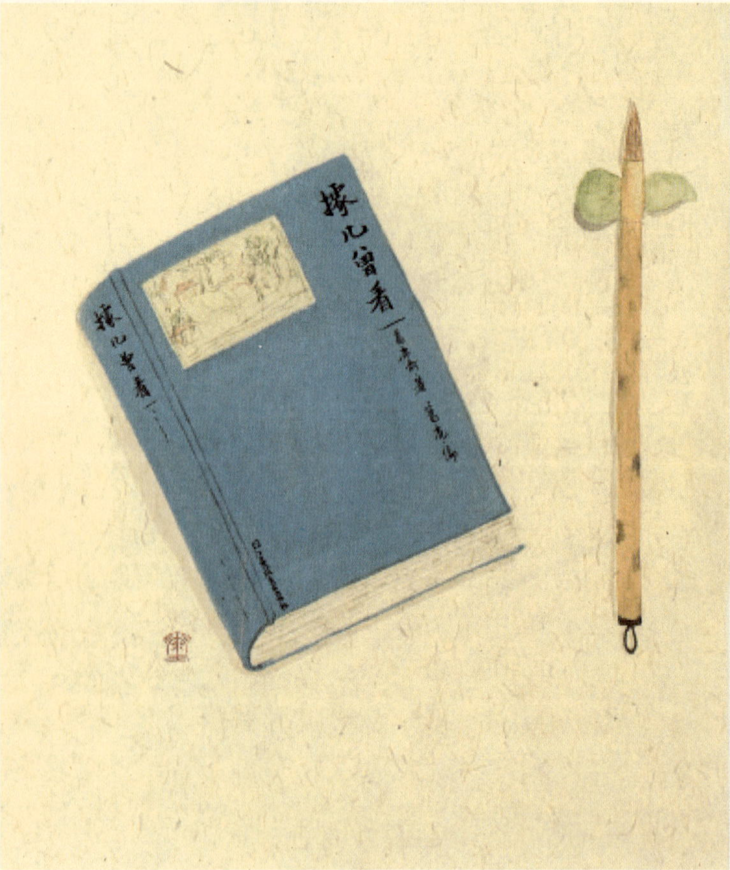

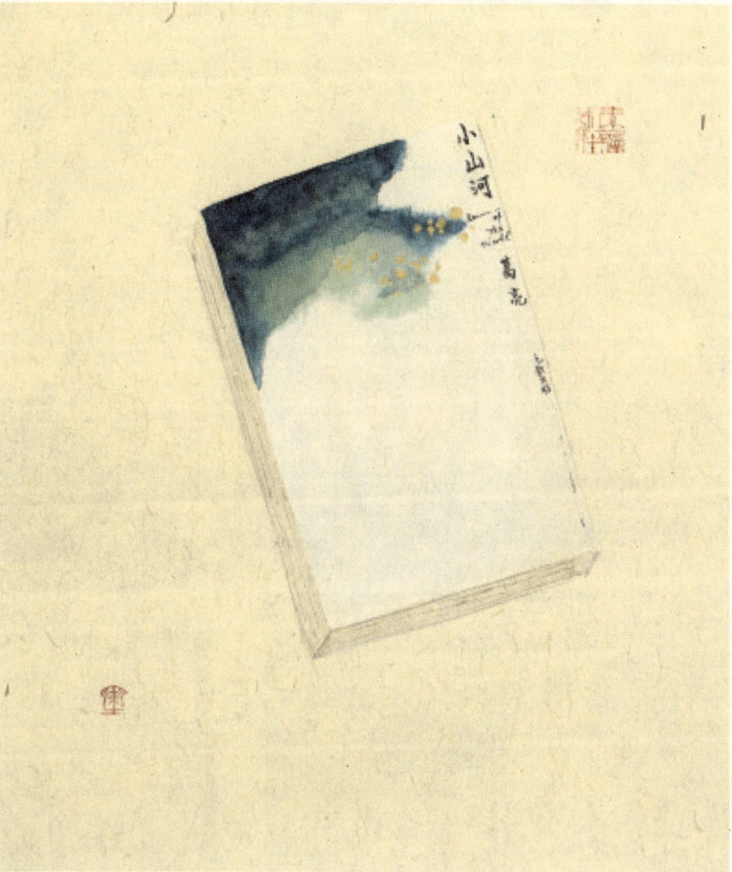
小山河
葛亮

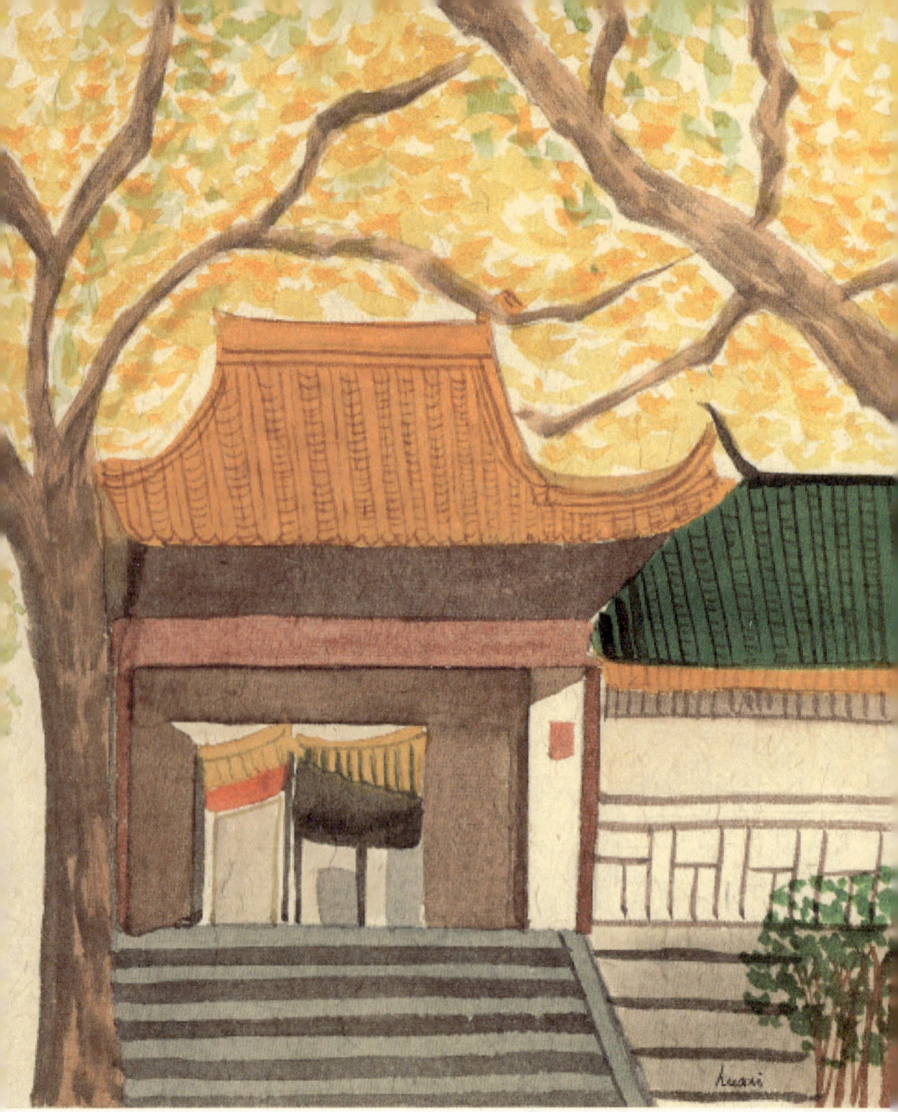

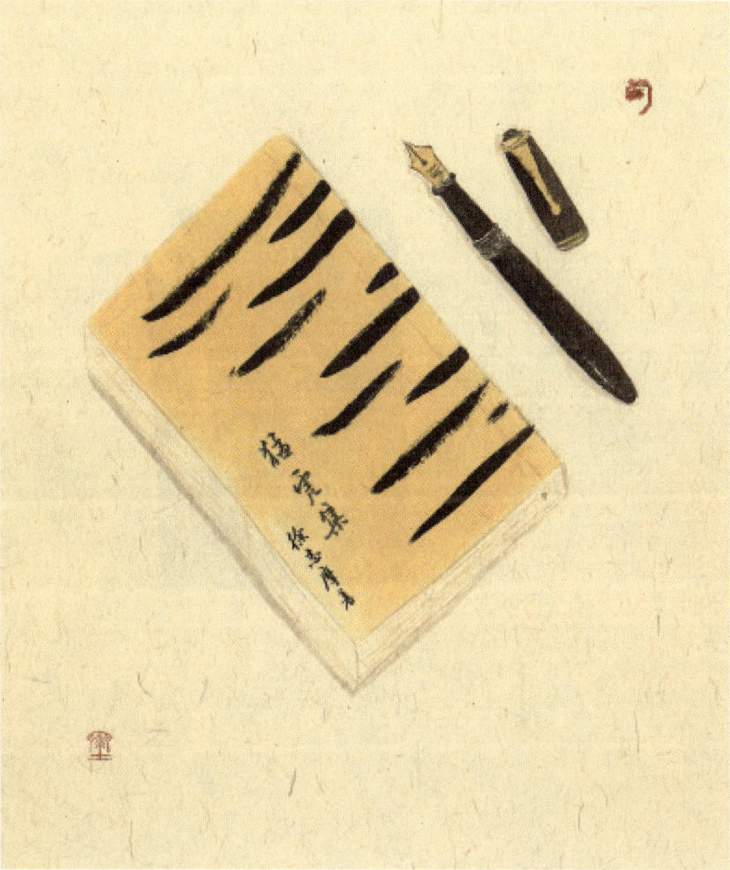
猛虎集

巴黎的鳞爪

小畫美

我的
流言

張愛玲

當我洞悉你的靈魂,
我會畫出你的眼睛。

Amedeo
Modigliani

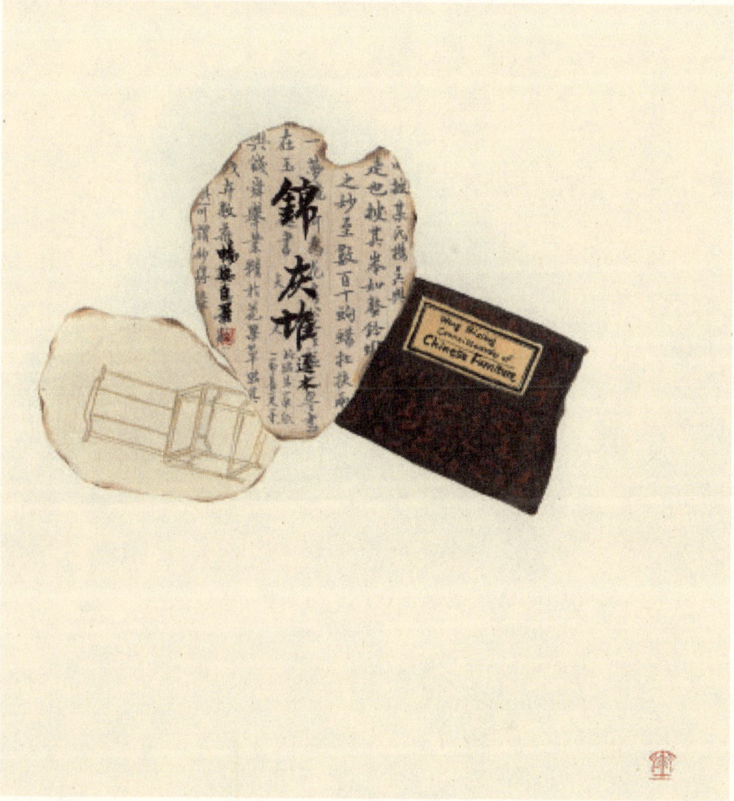
錦灰堆

第三章 行间

诸神

哈罗德·布鲁姆（Harold Bloom）在《西方正典》（*The Western Canon*）中正言："有什么堪与莎士比亚四大悲剧比拟？"以气魄而论，老人家有横扫一切的决心。二十世纪风靡西方的主流文学理论和批评，诸如多元文化论、新历史主义、解构主义、女性主义等，被笼而统之命名为"憎恨学派"。打着不同旗号的学派，都志在摧毁从前、摧毁历史、摧毁经典。它们要做的只有一条：让"已死的欧洲白人男性"退场。因为这些男性代表着历史，是西方的文学道统。

布鲁姆视其为洪水猛兽，致力清理门户。他所开出的经典名单里，莎士比亚前只有乔叟与但丁两位。莎士比亚一句经典台词"男人的发誓只会让女人背叛他"。这句话说得十分俏皮。大多的分崩离析，都由坚壁清野开始。莎士比亚在自己的作品成为经典之前，也曾经拿十四行诗开过刀。其将悲喜剧熔为一炉的观念，当时看来，也曾算是小不韪。而这份大师名单末端的贝克特，二十世纪三四十年代的舞台革命者，又何尝不是将"现代"的投枪，枪枪命中"莎"字号大小的古典主义戏剧的大旗?

离经叛道是一条危险的行旅，成败一萧何。这条路上出师未捷身先死者甚众。当然也有聪明的人。名单上的博尔赫斯（Jorge Luis Borges），从未以叛逆者自居，却是很善于将自己特立独行的身影隐藏于传统之壳的人。他在一九三五年结集作品《邪恶通史》。此作在博氏作品的洋洋大观中，是较少人提及的异数，却又是不得不提的代表作。这是一个推理短篇小说集。涉猎此领域源于博尔赫斯对于英国侦探小说传统的熟悉。乍一听无甚可圈点，但读下来，这些短篇虽然套用老派的侦探推理的模式，内里却是博氏的文字精华。对幻象与真实，虚构与事实之间辩证互动的游戏探索，再加上镜子、迷宫、双重人格等博尔赫斯经常运用的母题，共冶一炉。而直接以侦探小说造出佳境的，是爱伦·坡。由《莫格街谋杀案》的"密室作案"范式开始，爱伦·坡仅以六部短篇小说成就了侦探"杜宾"，更是将彼时欧美文学的战斗品性及时彰显。柔性感伤不再，哥特式的审美崇高，以神秘化的外在叙事抵达：语言游戏、逻辑游戏和权力游戏，成为考掘生命潜能的常规。再延伸至以《象棋少年》而闻名的马丁内斯，钟情于毁坏智慧的故事。《牛津迷案》出版，舆论发现他成为一个以推理小说立世的作家，并不感到特别惊讶。马丁内斯的作品与传统推理不同的地方，在于不停地浮现出一种强烈的等待感。所谓真相，永远是表演失之交臂的道具。真相的本身变得虚无，一次次与过程擦肩而过，最后筋疲力竭，它却终于水落石出。《露西亚娜·B的缓慢死亡》则将这种虚空扩张得无以复加。在类似复仇的阶段性真相成为手段之后，真相终于隐而不见。

就文学的真实感而言，推理小说一直在与之抗衡与妥协。因为某种模式感（甚至仪式感）以及在叙事节奏上必须的等待与延宕，使得真实变为某种被切割与重组的元素。真实由此成为某种逻辑与秩序的附属品。阎连科在《发现小说》中谈及四种不同的现实主义文学形态。分别包括：控构现实主义、世相现实主义、生命现实主义与灵魂现实主义。控构现实主义被定义为"控制的订购与虚构"，其叙事模式的核心指向常被引申为意识形态的大背景，而其"真实"来源的基础即为"权力"。我们由此做些推论，从某种意义上，这也成为推理小说达至真实的局限。"权力"在其中可延伸为"秩序"或"逻辑"，使得真实成为某种得以重复的"Cliche"。所以，这类小说永远无法成为所谓"perfect literature"。而这也正是某些作家所致力打破的魔咒。博尔赫斯对于"对称"叙事元素的运用与马丁内斯创造有关真相的"意外"，都成了推理小说"控构"的旁逸斜出之举。而后者对前者的致敬，又是公认的。这也成为先锋派包括中国小说家们企图挑战传统的资源之一。比如余华的戏拟之作《河边的错误》，一个疯子作为凶手的出现，以非理性的意外打破了所有的秩序感，正当如是。

"世相现实主义在世界范围内是最受欢迎的写作之一种，是现实主义写作中最易成功和最为安全的笔墨。"以有分寸的经验主义作为基石，是获得读者的先决条件。共同经验的复写，有效地豁免了在逻辑推进方式上的苛求。世相写作从某种意义上说，以"将心比心"的方式，赢得了读者最为切实的代入感与认同。十九世纪欧洲小说，以此为大宗。简·奥斯丁与毛姆，是其中的典型。毛姆的有意味之处在于，其声名得益于对世相的精准描摹。然而，他也不止一次在作品中，表现出对世相经验些微的背离立场。其有一篇不太为人所谈论的短篇小说《宝贝》，写了一个男人与他的女仆之间的相濡以沫又若即若离。在一次意外中，他和他所钟爱的女仆发生了关系。当他第二天醒来，"有一种说不出的奇特感觉"：

> 他怎么会做出这样的蠢事呢？究竟是什么驱使他这样做的？他是最不喜欢跟女仆纠缠的呀！这件事多么丢人现眼！尤其是处在他这样的年纪和地位。普里查德悄

悄离开时他没有听到。他准是睡着了。他甚至不怎么喜欢她呀。她不是属于他所喜欢的那种女人,而且,就像那天晚上他所说过的那样,他有些讨厌她,甚至现在,他也只知道她姓普里查德,连她的名字叫什么都不知道。多么愚蠢!往后的事情又怎么办?眼下真是进退两难。显然,他不能再留用她。然而,由于他们两人的过失而解雇她,对她来说又极不公平。因为个把钟头的荒唐而永远失去一个最好的女仆,这是多么地愚蠢啊!

在以上段落中,毛姆将读者最为喜闻乐见的"情爱"质地冲撞以心灵的纠缠。当故事在这样的轨迹下,就要陷入一个庸俗的为人所司空见惯的结局,毛姆笔锋一转:女仆穿着"清晨惯穿的印花衣服"出现,"她拉开窗帘,随后递给他报纸。她的脸上毫无表情,看上去和往常一模一样,就连行动也像往常那样谨慎、利落。她既不避开,也不有意搜寻哈林格的目光"。"她迈着徐缓、平静的脚步,沉着的离开了房间。她的面孔像往常一样显得庄重、谦恭和呆板。"就是这样一个人物以近乎扁平的性格,实现了与丰满的"庸俗"的对抗。其间的真实感,更多来自于性格力量的强大,而非复杂的对于社会逻辑的承袭。以由因导果的角度而言,"尊严"的延伸力量,覆盖了所有线性的细节铺垫。所谓情节铺演的"动因",在这里显得尤为虚弱。

卡夫卡以降,二十世纪文学表现出对于"因果"先决空前的漠视。"人",可以随时随地变成一只甲虫或者别的东西。这种霸权逐渐从主题延伸至叙述的形式。作家在控制读者的同时也在与读者示好与共谋。或许我们会记得约翰·欧文《新罕布夏旅馆》那个突兀的开头。"父亲买熊那年夏天,我们都还没出生。"也许我们都被扑朔的时间状语所吸引,而忽略了中心语"出生"的意义。这也正是作者所希望的。欧文十分重视叙述与阅读之间的铆合,或者说,他将各种小说元素之间潜在的衔接与声援,看作其书写的重中之重。这些元素在读者的记忆中,不断地经受着叙述的磨蚀,有可能消隐于字里行间。而欧文,却以一种不经意的方式,依靠一些先声夺人的意象,获取了读者的执着的注视。一头熊的存在足以令我们的好奇在阅读中披荆斩棘,乐此不疲。而最终与作者的叙述不弃不离,共达彼岸。相较于前辈作家,欧文对于叙述密度的重视,无疑体现出他作为一个写作者的"类阅读"焦虑。有一种说法认为这与他曾经患有读字困难症有关,这使得他在写作时更为感同身受于作为读者的艰辛。这种代入感无形中造就了他的小说与传统经典相异的格局,尤其是对于阅读趣味的建构的重视。

当然，这几乎也构成了当代作家的一种共识。小说的趣味与作者的价值观在某种程度上得以交汇。同样写浮曳生姿的社交圈，卡波特《蒂凡尼的早餐》呈现出与现身十九世纪的《名利场》截然不同的气质。这既来自对于主题重心的演化，也来自语言模式的选择。或者说，两者之间实际相辅相成。雷蒙德·卡佛的作品，在叙述上所标签的极简主义，常被与海明威相提并论。然而，他小说中有一种刻意的"忽略"特质，却将其语言层面的浮表特征覆盖了。卡佛非常小心地不去进行阐释性的表达，而代以暗示与隐喻。这使他的作品产生叙述与事件之间的断裂感，乃至一些情节似乎在断裂中被遗漏与非逻辑化。所有的感受也因为断裂而变得隔阂，湮没在各种琐碎的日常表述中："作家要有面对一些简单事物，比如落日或一只旧鞋子，而惊讶得张口结舌的资质。"事实上，卡佛的作品的确在琐屑中走得很远。特别是，他将对它的表达包裹在情爱与家庭关系的热闹外壳中，却经常以不寻常的漠然收鞘。他有一个极短的短篇小说《小事》，在不同的出版物中，这篇小说的发表曾被卡佛几易其名，如《我的》《大众力学》。说的是一个出走的男人，面对他的女人最后的无理取闹，所采取的冷漠态度。事件的重心，最后演变成对初生婴儿的争夺，但是，其间丝毫不存在任何的沟通。坚硬的对话成为小说唯一带有

"动感"的元素，却毫无言语的对接，使得小说的冷漠基调更为触目惊心。正是这种对"日常"节制而又夸张的迷恋，令卡佛在描写一些"总是不成功"的人时，可以做出近乎其本人价值观的归纳，"他们的生活，那些在他们眼前破碎的生活让他们感到不安，他们希望做些纠正，但做不到，此后他们只能尽力而为"。而在经典中所标榜的"那些一度让你觉得非常重要而为之而死的事情"，"已变得一钱不值了"。

　　同样以风格简促而著称的弗兰纳里·奥康纳，曾是中国先锋文学圈里被时常提及的名字，被称为"邪恶的奥康纳"。作为美国南方的乡土作家代表，奥康纳几乎将所有我们对于人性的美好理想或是幻想一一摧毁。在不动声色之间，尊严成为被一再强调与嘲笑的对象。刀锋一样的文字，弥漫着恐怖、荒凉与腐朽。有着天主教背景的奥康纳出生在被称为南方腹地"圣经地带"的萨瓦那。她的小说对宗教母题念兹在兹，表达的却非虔诚与皈依，而代之以毫不掩饰的怀疑。在她的笔下，所谓人的改变、暴力、卑劣似乎都与宗教相关。在众神退隐的年代，人以宗教的面目行其恶道。奥康纳在书信中写道："我觉得所有小说都是关于信仰改变的。""信仰"也的确成为理解其小说的另一个关键字，与之相关的却是深重的缺失感，令我们对恶的现身无动于衷。如果以之为大前提，那么帕拉尼克在上世纪九十年代的出现就是适逢其时。帕氏也在写"恶"，而他的"恶"却成为重新建构信仰的基石。"恶"的对立面是在消费主义极度膨胀的控制下，中产阶级按部就班的生活态度与价值观。"CK 衬衫，DKNY 的鞋，星巴克咖啡和微软是生活中必不可少的。"而帕拉尼克要粉碎的也正是这些。他的笔下，这些犹如硬壳的桎梏中，精神无法脱颖而出。令其暴得盛名的《搏击俱乐部》，堪称后工业时代的怒吼之作。灵魂的麻木，必须以原始与古典的单打独斗来拯救。其间所蕴藏的反社会力量，更将信仰感的凝聚无限地扩张。帕拉尼克一手建立起精神乌托邦，一面冷眼旁观，对其前景报以冷笑。这体现在他不时流露出的虚无主义态度："等打得筋疲力尽了，男男女女就去教堂结婚了"。所谓的救赎，不过是更深地陷入之前的回光返照。在帕氏的作品中，却以永恒的方式歌颂回光返照。反常的意象成为司空见惯的常态情景。他淡定地写暴烈凌乱的性、恶趣味以及违背人伦的大情小爱，写得云淡风清，宠辱不惊。终于，帕拉尼克的作品也被称为经典，从挑战者的位置悠然滑落。然而，我们会记得《搏击俱乐部》中那个彻头彻尾的魔鬼泰勒的发言："你不能到死的时候身上连道疤都没有。"

　　曾经沧海，其心也安。

追译

　　谈起文学翻译，时常想起葛浩文教授在旧年香港书展期间的一次发言。葛教授翻译中国文学心得丰厚，其译佳作既多，也常引起争议，争论焦点大约总在"译"与"作"的比重之间。然而那次发言，他讲到一个实例，甚可击节。关乎毕飞宇的中篇《青衣》的头一句，"乔炳璋参加这次宴会完全是一笔糊涂账"。"糊涂账"这个词，在西方自然没有对应说法，葛教授推敲再三，将之翻译为"blind date"。所谓"blind date"，若用中文解释，则是因为有第三方的介绍，让没有见过面的男女第一次约会。不知底里，忐忑非常，与"糊涂账"交集在于其中的模糊与微妙，内蕴无限可能。这好处便来自"译"与"作"的恰当制衡，与其说是翻译，毋宁称之转译（二者在英文中皆可用 translation 一词）。语言转换之余，亦将异语境拆骨重建，填入本土文化肌理，实现了对文本内质的有效移植。若说此类以读者为先导的翻译家，中国出过著名的一个是林琴南，"不解西文，但能笔述。"可以一部《茶花女遗事》荡尽浪子情肠，是很见本事的。若说葛浩文的转译是只字片语,那么林纾则抛开"信达",以整体叙事为单位,只求译文与原作之间的雅而"神似"了。关于这一点,韩迪原对林有中肯的评语:"因为那时国人对整个西洋文明毫无认识,必得用东方已有的事物,去'附会'西方的观念,像林译所用的方式,才能达到早期沟通东西文化的任务。"

无论如何,林译小说打开了国人观看西方的一扇窗。中国新文化诸将,均曾为其译作拥趸。尽管后者在日后新旧学之争的水深火热中,对林不留情面地口诛笔伐。"征曲海之烟花,话松滨之风才。"纵然是游戏之小道,但说到底,林译的好处,却着实来自对中文与西境的精深融会。其与魏易合作完成斯托夫人《黑奴吁天录》,书前有"例言":"是书开场、伏脉、接笋、结穴,处处均得古文家义法。"可见其"归化"翻译之体系所在,所谓"以西人材料,写唐宋之事"。

笔者对翻译的审美,颇欣赏所谓"入乡随俗"。犹记得早年读哈代著《德伯家的苔丝》,苔丝之所以在我心目中,至今是个有声有色、情绪饱满的乡下姑娘,张若谷先生的译本功不可没。小说中的"威塞克斯"方言,张译用了家乡的山东话来对应,算是神来之笔。有论者称,"多塞特郡方言最大的特点就是发音时舌头的部位很特别,比如旁流音L,卷舌音R较多,通俗点说就是有点'大舌头',

这恰与山东话卷舌的发音方法相对应"。就这一点来说，出身鲁地的张先生算是得天独厚，且随选一句作例，"I felt inclined to sink into the ground with shame!"译成："那阵儿把俺臊的，恨不得有个地缝儿钻进去！"一个"俺"和一个"臊"字，这姑娘的村劲儿，真个叫跃然纸上。也有称张译将苔丝言语勾勒得土俗，是拂逆哈代本意。以笔者观则未必。章学诚《文史通义》中道："记言之文，则非作者之言也，为文为质，期于适如其人之言。"其论恰可为张译背书。及至后来读宋英堂译安妮·普鲁的小说，为了配合牛仔的粗野劲儿，将"Sheep be damned!"译成了"去他奶奶的绵羊！"算是后来者的更进一步。当然，这种翻译方式自然并非局限于中西之间。颇具印象的还有刘振瀛先生翻译夏目漱石的《哥儿》，开头便是铿然一句，"俺爹传给俺的蛮干脾气，使俺从小就没少吃亏"。算是与其上异曲同工。夏目漱石本人对于西文的翻译，倒是提倡含蓄与雅致。据说有次他问学生，"I love you"应该要怎么翻译？一学生答："私はあなたを爱す"（我爱你）。夏目漱石不以为然道：不够风雅，应该翻成"月は绮丽ですね"（月色真美啊）才对。可见，所谓"入乡"，热腔冷调，并无俗雅的一定之规。

  以上是经年阅读译作的随想，此作笔录。若说是一己的阅读经验，竟是从旧俄的小说。这来自我学俄文出身的父亲的引导。因为个人的审美，他很重视所谓文字的精湛，首先选择给我读的是屠格涅夫（Ива́н Серге́евич Турге́нев）的小说。而读的第一本，是陆蠡翻译、丽尼校订的《罗亭》，也是因为这本书，我对俄国文学的最初印象并非是厚重与格局感，而是踌躇与延宕的痛楚。陆蠡的译文素洁平朴，其中的节制，是很见功夫的。这本书是一九五〇年的版本，卷首附有斯特普尼亚克的长序。父亲还藏有一本《处女地》，出版年份更前些。二书同源，据说早在一九三七年，当时尚年轻的巴金、丽尼和陆蠡曾在杭州西湖畔三结义，因由便是这套屠格涅夫选集。三人分工翻译出版了六部长篇。最意犹未尽的大约是丽尼，此后又翻译了契诃夫的剧作《伊凡诺夫》《海鸥》和《万尼亚舅舅》。及至其身后，遗物里尚有一套俄文版《屠格涅夫全集》，可见其宏愿未竟。

对年少时读欧美文学的印象，总有些支离破碎。最记得的一本恐怕是安德森的《小城畸人》。大约因为同期遵父嘱读了一系列的笔记小说，如《阅微草堂笔记》《古今谭概》《解颐》《耳新》等。头脑里似有一个卡片抽屉自动归类，无论中西，便是异人异事，见乎日常。说起来，稍晚读的《米格尔大街》亦当属此类。日后写作《七声》，默化潜移，方知得益于此。

故事

清代纪昀作《阅微草堂笔记》，其中《滦阳消夏录》中有一则"义狐化人"的故事：

> 献县周氏仆周虎，为狐所媚，二十余年如伉俪，尝语仆曰：吾炼形已四百余年，过去生中，于汝有业缘当补，一日不满，即一日不得生天，缘尽吾当去耳。一日辙然自喜，又泫然自悲，语虎曰：月之十九日，吾缘尽当别，已为君相一妇，可聘定之。因出白金付虎，俾备礼，自是狎昵燕婉，逾于平日，恒形影不离。至十五日，忽晨起告别，虎怪其先期，狐泣曰：业缘一日不可减，亦一日不可增。惟迟早则随所遇耳。吾留此三日缘，为再一相会地也。越数年，果再至，欢洽三日而后去。临行呜咽曰：从此终天诀矣。
>
> 陈德音先生曰：此狐善留其有余，惜福者当如是。刘季箴则曰：三日后终须一别，何必暂留。此狐炼形

四百年,尚未到悬崖撒手地位,临事者不当如是。余谓二公之言,各明一义,各有当也。

这是一只善于统筹和留有余地的狐狸。由创作的层面而言,写者便是这只狐狸,写作或许便是同读者结缘的因果。故事是一种常量的资源,而讲故事的过程,实际上是将这种资源进行最合理的配置。

首先是有关于故事的节奏。对于叙述所谓故事的魅力,多少就在于一种保留的艺术,或者说是一种布局的艺术。韩邦庆用"穿插藏闪"四字轻轻揭露了小说布局的要诀。往往体现为一种作者诉说欲望的节制感。引而不发,跃如也。暂时的克制,是为了更有力度地喷薄而出,这是一种策略,更是一种与读者共同进退的姿态。

美国剧作家悉德·菲尔德曾经提出剧本创作的"Ten Pages"(头十页)的概念,他认为这十页得好,就会吸引"读者"(好莱坞专门看稿者)以及投资者的目光,关乎剧本的生死。在这一层面上,小说家约翰·欧文曾经反其道而行之。他以繁冗的笔触来考验读者的耐心与记忆,却也在同时消解作者的霸权与资讯输出者的地位。而将读者纳入休戚与共的讲述共谋的轨道上来。这是一种略带狡猾感但有诚意的保留,也是作者对于自身编制故事的能力的克制。一个念兹在兹的意向，邀请读者在揣测中参与想象，成为站在作者对面的另一个小说文本的生产者。

因此，我们看到，现代小说打破了某些"起承转合"的有关布局的成见，包括传统的书场艺人所秉承的"卖关子""留扣子"等讨好读者的讲述策略，而将节制感视为更为自觉地调整故事节奏的利器。

同样，这个有关狐狸的故事也让我们看到了在文本讲述层面，有关时间的魔术。这是小说家或者"仙家"的某种特权。文本时间是一个可以独立于物理时间的所在。

安布鲁斯·毕尔斯的《枭河桥记事》，故事开始后一两秒钟就在一个犯人颈项用抽紧的绳子勒死了他。行刑的一两秒钟，因为作家的时间延长术，为主人公法科尔铺演了洋洋洒洒的逃生传奇。为整个故事发生在极短暂的冲动之中（现实时间），延长了转瞬即逝的幻觉，同时创造出另一种特有的时间，一种由话语组成、区别于现实的时间。

莫言《红高粱》中，"我"奶奶在临终之前的瞬间，也在作者笔下经历了绚烂绝伦的语言与生命的狂欢。这或者是小说家的某种特权，对于时间的延宕与重组。

而一切有关于生死的界限，也因为时间的再次定义而打破与消解，从而赋予小说家更为游刃有余的视角。

《安琪拉之烬》里，弗兰克·迈考特在母亲的去世中回顾过往生活的不堪，阴暗与新生。艾丽斯·西伯德《可爱的骨头》却站在死亡的边界缔视未来世界的林林总总。

作者因此将时间的坐标放大为空间，甚至蔓延为叙事的经验立场与写作观念。将这个话题加以引申，或许就是写作者无法回避的问题，如何在讲述故事的过程中面对和处理历史。

"历史"经常让我们不堪重荷，因为在我们的文化成见之中，它代表着有关权力的叙述。作为一种发言的立场，同时也是武器，为各种族群与利益团体虎视眈眈，以至与之相关的动词经常是"颠覆""重述"与"还原"。

然而，在历史与文学之间，究竟应该是一种如何的联姻？其作为一种"时间系统"的介入，是为我们讲述故事如虎添翼还是裹足不前？

其一是关于历史真实的评估。对于"历史真实"，科尔纳说："所有的历史，……对有知识的读者来说，都只是故事的一部分，是一种明显或隐蔽的历史叙述。"

作为一个年轻的写作者,这曾经是我的踌躇之处。因为我们在时间坐标中身处尴尬之境,我们无法成为某一个时间的在场者。我花了大量的时间去考虑有关历史的"还原"问题。然而,我终于在一次和前辈作家的交流中有所获得。我们达成了某种共识:你们是历史的亲历与见证者,你们的历史叙述是"再现";而我们轻装上阵,却获得了更为广阔的对于历史的"想象"的空间。正如格林布拉特所言:"文学与历史的本质关系,即文学在对历史加以阐释的时候,并不要求去恢复历史的原貌,而是解释历史'应该'和'怎样',揭示历史中最隐秘的矛盾。"

其实每个历史的书写者,最后都在处理这一问题。这实际也是建构经验世界所必须选取的立场。海顿·怀特将之编码为两种模式,一种编码为"真实",另一种在叙事过程中被揭示为"虚幻"。

虚幻是小说家的特权,而对于"真实"的漠视与忽略却可以使之成为无本之木。作为一个写作者,无法回避对于实证的重视。为了获取第一手的资料,我做了不少有关历史与城市变迁话题的访谈。然而,在这个过程中,却有了更多出人意表之处。

虽则"历史哲学"与"大叙事"外的各种枝蔓,有着各种意外的鲜活。但是从另一些故事中，却体会到了历史的变体，却是共处的双生之花。其中有一些细节，让我获得了对于历史的"沉重"与"轻盈"共冶一炉的印象。这印象来自于民间与日常。

其中一个是关于"文革"。访问一个老工人。听他讲"文革"时候，江苏省一个省委书记给打成走资派。夺权以后，南京的造反派后来开放省办公厅的"书记楼"，说是为了用走资派的穷奢极欲教育群众。参观的人川流不息，非常热闹。这个老工人说起这些的时候，并没有表现出咬牙切齿，用的是津津乐道的口气，说当时参观的群众都喜气洋洋，跟过节似的。他跟我讲他楼里的红木字纸篓，当时要八百块一个。还跟我说他喜好木工。后来特意又跑过去一次，研究家具的榫头是怎么对上的。我说，看他办公室里这么奢华，你当时有没有什么义愤的心理？他想想说，没有啊，多大的事。接着又说了一句话，人各有命。

另一件事印象更为深刻。是在安品街采访一个亲历一九三七年屠城的老婆婆。那时候她还是个小女孩。那次洗劫给她家里带来的灭门的灾难，使她成了一个孤儿。她的听力已不是很好。已经听不太清楚我的问题，但还是跟我讲了很多。她表达的悲伤多于仇恨。主要是孤身一人，对她来说，人生实在太难，数次想要放弃。这使她对日本人的恨，有了与日俱增的延续。在谈话的最后，她说要给我看一样东西，翻出来，是一张糖纸。她说，当时日本人来，曾经撒糖果给小孩子。这是她吃的第一块糖。她说，她恨日本人，但是不恨这块糖。这块糖是甜的。

他们的话，令我百感交集。历史与私我经验，究竟有多少的叠合，实际是一个写作者必须去关心的主题。

有个前辈批评家跟我说，小说和历史的关注，或许不同之处在于，无论时代怎么惊涛骇浪，人的小日子，还是一样要过。

小说大概是最能够反映"大风起于青蘋之末"这种历史观的文体。因为它所提供的细节，其中的温度与折射，是历史本身常常忽略的。

衣食住行里，有时代的真东西。比方说吃，陆文夫的小说《美食家》，实际就是借饮食写时代的更迭。里面有一个没落的小士绅，叫朱自冶，非常好吃，视吃为艺术与人生，讲究得不得了。在老字号朱鸿兴吃面条，只吃头汤面，就是早晨用第一道汤刚刚煮好的面条，最为劲道。可是，到了三年困难时期，他再怎么想在吃上玩花样，也玩不起来了。

这毕竟是小说，说的都是故事。其实有关这个话题，历史比故事更精彩。

在《朱雀》这本小说里，我曾经写过一个南京的名菜，叫"美人肝"，在民国时曾大盛。出自清真老字号"马祥兴"。这菜做法非常繁琐，因为取自鸭的胰脏，一鸭一胰，做一小盘得至少四五十只鸭子，火候又要恰好，不足软而不酥，过了皮而不嫩。

生活

《银元时代生活史》，由著名中医师陈存仁先生为香港《大人》杂志写的专栏合辑而成，一九七三年于香港周知翁出版社首次出版，后由上海人民出版社再版。以自传论，这本书的独特之处，在于其脉络的整体贯穿——以"银元"为起始，又以"银元"为末，通过个人经历，细致刻画上海二十世纪二三十年代社会、经济和政治各方面的变迁，尤以经济见证时代的更迭与兴衰，饶有意味。全书以传主的理财观念所牵引，见于细节，却并不琐碎。又因关乎日常，颇有"大风起于青蘋之末"之感。此书似百科全书，却并不枯燥，娓娓道来。人物世情，生趣盎然。

> 银元时代的生活，讲起来，真有一番沧桑史。我就依据自己在这个时代的往事作为出发点，写成本文，借以反映六十年来物价的变迁。

葛亮

小山河

着眼于民生,却透射作者自身的人生观念,决定了整部传记的基调。在书中第一章,"初识丁翁,领教理财"一节已有提纲挈领之语:

一、择业要向大众方面着想,选中一个行业,要专心致志地去"做",绝对不能改行,只要努力,行行可以出状元。

二、一个人不可以懒,一懒百事休,"勤"要勤到与众不同的勤力,触类旁通,必然会出人头地。

三、赚到了钱之后,一定要懂得"节",赚十文,最少要节三文,等到所业有成,那么赚到十文可能只用二三文,把积下来的钱,筹备更大的计划,因为"由钱生钱"更为容易。

四、赚钱不易,管钱更难,只会赚,不会"管",仍旧不懂得理财的道理。能够理财之后,还要会"用",会用比会管更难,用得不得当是浪费,用得有意义,才算得是理财家。

此引言出自《中西医学杂志》创办人丁福保先生,亦是陈医生的先师之一。陈氏一生，交游广阔，一是因其行业，一是因为师承。少习中医，师从当时的名医丁甘仁、丁仲英父子，为研读古医书又先后拜姚公鹤、章太炎为师。《银元时代生活史》上至沪上达官显贵，下至贩夫走卒，在书中皆有记述，且栩栩入微。由是而观，此书以自传之形，亦行别传之实。钱锺书曾对此类自传表现出的悖论状态有所评述："作自传的人，往往并无自己可传，……东拉西扯地记载交游，传述别人的事，你要知道一个人的自己，你得看他为别人做的传；你要知道别人，倒该看他为自己作的传。自传就是别传。"以钱氏观点，《银元时代生活史》一书，于自传一脉，似无足论。然而，作者以"银元"为眼，结合时事，记述理财奋斗史，虽非伟绩，却甚为可观。其将上海的城市风貌、时代流转恰如其分铺陈而来，可谓别开生面。

　　书中图文并茂，内容涉及旧上海生活的方方面面，其中很多材料和事实，是今天了解和研究旧上海风貌的珍贵资料。一个"老"字，其实道出此书与历史之间的联络。《银元时代生活史》一书，自民国三年（一九一四年）至抗战初始，纵横二十余年。其间之历史因缘，蔚为大观。卡莱尔一语道破历史与传记之间的关联："历史为无数传记之集晶。"这一点，胡适的《传记文学》观点与之略同："中国的正史，可以说大部分是集合传记而成的；但可惜所有的传记多是短篇的。如《史记》《汉书》《后汉书》《三国志》《晋书》等。"胡博士也因此指出："传记是中国文学里最不发达的一门。这大概有三种原因：第一是没有崇拜伟大人物的风气；第二是多忌讳；第三是文字的障碍。"这当然是比对西方传记文学渊源而言，转而观之，由第一点可透视出西方史传传统中"伟大"二字所占据的分量。

西方史学长期秉承的"大叙事"，即通常意义上的"历史哲学"，滥觞可追溯至十七世纪的启蒙运动，以康德、赫尔德、黑格尔等人的著作为代表。其思想基础是人类只有一种历史，历史的结局也面目相似。然而，随着尼采在二十世纪初高喊"上帝已死"，西方人开始对所谓"历史进步观"产生怀疑。斯宾格勒在其著作中提出多元历史观，将世界上各种文明做等量齐观的考察。"大叙述"因此显现漏洞。

后现代主义的先驱人物李欧塔则彻底否定了"大叙事"的存在，史学书写的重心开始有所转移。历史学家在考察历史的变动时，不再聚焦于个人即英雄人物，转而着眼底层社会、妇女和少数民族历史的研究，如"新文化史""微观史""日常史"。代表作品如卡罗·金兹堡的《乳酪与蛆虫》、茱迪·沃考维兹的《妓女与维多利亚社会》等。

而当我们抽丝剥茧,深入陈存仁这部传记著作的内核,会发现"生活史"与以上史观的契合之处,即是具体而微的"日常生活"。"日常生活"作为哲学概念的出现,及至晚近。二十世纪中叶,列斐伏尔依据马克思的异化理论,在著作《日常生活批判》与《现代世界的日常生活》中,将日常生活视为一个介于经济基础与上层建筑之间的"层面",即存在领域。他认为日常生活在这一层面上的突出地位在于,人正是在这个层面上被"发现"与创造。"日常生活是一切活动的汇聚处,是它们的纽带,它们的共同的根基。只有在日常生活中,造成人类的和每一个人的存在的社会关系总和,才能以完整的形态与方式实现出来。"列氏同时提出:"解决问题的办法是尝试建立日常生活的清单和分析,以便揭示日常生活的歧异性——它的基础性,它的贫乏和丰饶——用这种非正统的方式可以解放出作为日常生活内在组成部分的创造力。"

在陈存仁的作品中,日常生活以建基于日记体的方式——被量化。而这种量化行为本身,却深入于生活最细节与现实的部分,以"价值"(或价格)形式,勾勒出民国初年社会关系乃至历史格局的轮廓。

葛亮 小山河

在我稚龄时期,一切都不甚了了,每天只知道向父母要一个铜元。当时一个铜元,用处极大,可以买糖十粒八粒,可以买大饼油条各一件,或是买生梨一二枚、马蹄二串。记得小时候,到城隍庙去游玩,一个铜元可以买一块百草梨膏糖,孩子们一面吃,一面听卖糖的人(俗呼小热昏)唱着各种各样的歌词。城隍庙的酒酿圆子,是每碗铜元二枚,吃一碗肉面是四个铜元,一块肉又大又厚。汽水称为"荷兰水",每瓶二个铜元。鸡蛋一块钱可以买到一百五十余只,已经算是很贵的了。

……

我这时渐渐重视仪表,以四块几角做了一件熟罗长衫,两块几角做了一件黑色的铁线纱马褂,二元四角做一身方格纺绸短衫裤,头上戴了一顶小结子瓜皮帽,足上穿了一双白底缎鞋,在当时是很时髦的。

……

那时节我就买了一辆小型汽车,叫作"佩佩奥斯汀",即是小型柯士甸房车,这种小型车现在没有了,车价为一千一百元,汽油费每加仑为四角八分,但是又要用一个司机,当时月薪为二十元,所以自己着急地练习驾驶。

以上记述涉及个人生活最根本的需要，即"衣食住行"，关乎生存的诸方面。如作者本人所言："我的文字，许多是从小处着笔，反映出大处的情况。"美国佐治亚州理工大学卢汉超教授于一九八六年出版了上海史研究专著《霓虹灯外——二十世纪初日常生活中的上海》，其题旨可谓与陈存仁的日常书写遥相呼应。此书援引大量资料，包括口述、调查、档案，以上海市民的柴米油盐、衣食等日常行为为切入点，探究其对人们观念的生成之作用，并指出其对中国社会与政治的折射方式。这部史作，书写观念与《银元时代生活史》心有戚戚之处在于，卢表示"作为关注的焦点，我注重描述上海城市里的小人物——至少在精英人物的眼中他们显得无足轻重——的日常生活"。

　　而陈存仁的金钱观念，作为一种延续始末的贯穿元素，亦以落实于细节的价值比差反映时代流转。而银元则为其中的终极尺度，亦可作为社会变革的见证，深入于生活的枝节。在这部传记的总体结构上，作者不断地强调"银元"作为价值取向的标准与恒定意义，并将之体现于个人生活的重大决策加以强调，不断地复现。如《币制多变，银元不变》一节，写到房产买卖，"我一向住在租界上，我母亲又不喜欢那座屋子，始终没有搬进去住，于是我们商议之下就把屋子出卖了，那时币制已有变动，但是我们坚持要收银元，折合起来售得一万二千元,亏本是亏本了,但是银元的价值,仍然没有多大变动"。而第十七章《法币成功银元废》与第二十二章《一枚银元值千亿》,则直接以银元的兴衰投射社会的重大沿革。

一·二八战事既告停止,可恨无数小钱庄仍然收购银元,一批批运往虹口。这些都是金融界的奸商败类,贪图微利,把市面上流通的银元,搜罗一空。据报纸上报道,大批银元都装箱运到了日本去。……

二十六年(一九三七年)七月,对日抗战开始,三年之间,法币信用毫无变动,然而三十年(一九四一年)之初,军费浩繁,发行数额虽增,物价上涨指数,犹未达十倍。三十四年(一九四五年)底,胜利复员,需款更巨,此时法币发行额已由十五亿元增至一万亿元,为六百六十七倍。(一九四一年后政府为稳定币值,发行关金券)

抗战到七年时节,日本人想捣乱上海金融,因为上海的市面可以影响到内地,上海的币制一混乱,内地的币制也会跟着混乱。不知道哪一个想出来,把储存多年的在日本银行的银元搬出来,交给小贩,由小贩到处设摊出售,或者抓在手里兜售。

如此种种，可以充分领受经济作为国家命脉与社会的大背景之间紧密的互动关系。而这些皆于《银元时代生活史》中有序而细致地展现出来。近年来，学界也开始以更为开放的视野审视传记这种文学体式。因为传记本身所涵盖的社会、政治、经济等诸方面的丰富性与细节性，其"在现代学术研究中，逐渐成为一种中介角色"，这一点，可说《银元时代生活史》一书表现得恰如其分，以民国初年至抗战的中国经济史而论，其完全可以成为具体而微的研究资料。同样，在中国的现代中医发展与流变史的范畴，《银元时代生活史》中以作者的个人经历切入，同样大有可观之处。一九二八年，作者以少年之姿创办国内第一份医药卫生常识方面的报刊《康健报》，后又陆续成书《中国医学大辞典》、皇汉医学丛书（全72种）。而最具有时代意义的，莫过于作者于一九二八年作为医界代表，亲自参与轰轰烈烈的"废止中医案"抗议事件。安德烈·莫瑞兹曾指出："在历史方面，我们都承认，过去被认为是由于某一简单原因或某一伟大任务所造成的事件，其实乃是千百个微小行动和意志表现的总和。"作为这一历史性的事件的亲历者，作者并未将笔墨主要投注于进展与解决的政治性过程，而是试图由事件的缘起所引发的舆论效应与对个体生活所造成的影响入手，以凸显其作为"集体意志"的不可抗拒性与必然性。

葛亮

小山河

在叙述铺排上，有不少细节性的描写，以对这种书写方式形成有力的烘托。

《银元时代生活史》中另有十分重要的一部分，关乎作者的交游，其中涉及不少与作者同时代的居住于上海的社会著名人士。而这些章节就叙写形式与切入视角而言，实际在这部自传文学著作中，以别传的格局出现。

民国十八年（一九二九年）中秋，房东又吵上门来收租，据说已欠租好多个月，师母潸然泪下，章师竟毫不介意。他对此等事多采不了了之的态度，有时连他自己居处的地址，他也弄不清楚。一次他到三马路来青阁去买书，去的时候，他叫了一辆人力车去的，看了半天，一本也没有买，施施然走出书店，踏上另一辆人力车，车夫问他到哪里，他只是指向西边，而始终说不出自己的寓所所在。车夫拉了半天，知道情况不妙，便问他："先生你究竟想到什么地方？"章师告诉车夫："我是章太炎，人称章疯子，上海人个个都知道我的住处，你难道不知道吗？"车夫频频摇头，在无可奈何的情况下,仍将他拉回来青阁,然后才把事情解决。类似这般的笑话,在章师是常常有的事,不足为奇的。

这一段出自于第三章《事章太炎以师礼》。作者曾拜在章门下研习国学,《银元时代生活史》中亦专辟章节,记录了这位国学泰斗的日常轶事。章作为清末民初民主革命家、思想家、著名学者,其研究范围涉及小学、历史、哲学、政治等诸多领域,著述甚丰,可称之为中国文化界一代巨擘。然而,作者的记述并未深入其广为人知的治学与政治行为等话题,而是将着眼点放置于章氏为人的细微处。一方面,这和《银元时代生活史》的整体格局丝丝入扣,同时也反映了作者对于传记书写的又一重观念。安德烈·莫瑞斯在讨论史特拉齐的《维多利亚名人传》时曾提出了一个概念,即"仰慕"。他认为,这是可将史氏与同时代的传记作者区分开的重要标准:"史特拉齐之所以选择他的传记主人公,则似乎并不因为毫无保留地仰慕他们……他不批评,也不判断,他只是在显露。"同时,莫瑞斯亦指出史氏在描写传记人物时的倾向,虽则缺乏"仰慕",但"亦无轻慢之心"。"如果说史特拉齐所使用的那种方法使他的传记主人公失去一切伟大的品质,也是不实之言,史特拉齐并没有表明英雄是一个平凡的人,而是表明平凡的人可以成为英雄，我更愿意自己之所以被人所爱，是为了自己的真实本质——好的和坏的混合在一起，而不是为了自己的灵魂被描绘得比实际更美丽。"在莫氏的观念中，好的传记其真实性的标准在于，是否能够"近乎人情"，即"一个人的品行越是使我们觉得近乎人情，越是和我们自己的相近似，越能深切地打动人心"。换言之，即传记的基调，对人物的塑造，需要贴合读者某种心理和价值取向上的趋同性。我们看到，在陈氏的这部传记中，同样以不见臧否的笔法，将民国名人的生活如实而述。这种自然的、客观的笔调，建立起一种更为立体与多元的人格。

> 他最喜欢吃的东西，是带有臭气的卤制品，特别爱好臭乳腐，臭到全屋掩鼻，但是他的鼻子永远闻不到臭气，他所感觉到的只是霉变食物的鲜味。
>
> 有一位画家钱化佛，他是章府的常客，一次他带来一包紫黑色的臭咸蛋，章师见到欣然大乐，当时桌上有支笔，他深知化佛的来意，他就问："你要写什么，只管讲。"当时化佛就拿出好几张斗方白纸，每张要写"五族共和"四个字，而且要他用"章太炎"三字落款，不要用"章炳麟"，章师不出一声，一挥而就。隔

了两天，钱化佛又带来一罐极臭的苋菜梗，章师竟然乐不可支，又对钱化佛说："有纸只管拿出来写。"化佛仍然要他写"五族共和"四字，这回章师一气呵成写了四十多张。后来钱化佛又带了不少臭花生、臭冬瓜等物，又写了好多张"五族共和"，前后计有一百多张，章师也不问他用处如何。我和化佛极熟，他告诉我，三马路（今汉口路）"一枝香"番菜馆新到一种"五色旗"酒，这是北京欢场中人宴客常见的名酒，这酒倒出来时是一杯混浊的酒，沉淀几分钟，就变成红黄蓝白黑五色的酒（其实红色黄色是一种果子油，蓝色是薄荷酒，白色是高粱，黑色是颜色液体，放在一起，所以会沉淀为五种颜色），当时此酒轰动得不得了。钱化佛念头一转，想出做一种"五族共和"的屏条，汉文请章师写，满文请一位满族人写，蒙回文请城隍庙一个写《古兰经》的人写，藏文请一个纸扎铺的人写，成为一个很好的屏条，裱好之后，就挂在番菜馆中，以每条十元售出，竟然卖出近百条，化佛因此多了一笔钱。

这一段从"物欲"（食欲）二字着手，写章的平凡随兴之处，但同时却又将这位国学大师的性灵与单纯淋漓地表达出来。写人，万变归宗，依然是写最平朴本原的人性。作者以小处着眼，反映的却是人物内里大的精神与品性。李辰冬在《传记与文学》一文中写道："传记文学里所写的，并不是枯燥无味的琐碎事实，而是一种情趣；这种情趣是一个人在追求理想时所感触到的事事物物。一个人之所以能成大功，立大业，都由一种理想情趣作为原动力……读者在他的事迹里感到了共鸣或同情时，也就产生了美感。这样，传记文学才能算是文学，而达到了文学的目的。"

第七章《吴稚晖妙喻性理》写作者为国民党元老吴稚晖诊病时的一段交往。其中写到吴稚老以国大代表、监察委员的身份，却坚辞官阶奉给、自奉极俭的事迹。

> 抗战时期，他住在重庆上清寺街，一家小铺子的阁子上，房间中一无布置，只有自己写的一块"斗室"匾额，还做了一篇斗室铭：
>
> 山不在高，有草即青；水不在洁，有矾即清。斯是斗室，无庸法磬。谈笑或鸿儒，往来无白丁。可以弹对牛之琴，可以背癫痫之经。耸臀草际白，粪味夜来腾。电台发"癫团"之叫，茶客摆龙门之阵。西堆交通煤，东倾扫荡盆（东壁扫荡报馆时倾盆水）。国父云："阿

斗之一，实中华民国之大国民。"

他最怕参加盛大宴会，要是叫他穿一本正经的长袍大褂，他就觉得周身不自在，因此年年逢到生日，他总是一个人走到素面店吃一碗素面，纪念"母难"。

作者正是通过这些日常而洋溢着幽默意味的细节，呈现出吴稚晖为文为人的某种"情趣"。而这情趣，实际便是内在品性与气节的外化，虽则细微，却体现出人性情的大格局，甚至对人物的一生，有着管窥而见全豹的功用。这样的叙述，在书中俯拾皆是，的确应了作者"从小处着笔，反映出大处的情况"的写作初衷。

作为一部分传记，因为是两年专栏的集结，在结构处理上，《银元时代生活史》亦有不尽完善之处。特别是自十六章开始，因为致力对城市人物群像的勾画，造成了笔力的分散，在取材上亦见琐屑。但是，通观全书，作者用最为简朴平实的笔法，细致勾勒出"银元时代"于旧上海的历史图景。无论是人物事件，抑或风物掌故，皆丝丝入扣。其历史资料价值与记述功力，均十分可观，较之彼时之同类文字，当无愧于个中表表之称。

葛亮

小山河

小说

自觉写作小说的历史并不很长，长的是对文学一以贯之的敬畏心情。

与家庭相关，我的阅读史比我的写作经历长不少，学前已经开始。父母着意激发我对文学的兴趣，有一个明确的体现，我阅读的书籍大部分是以他们的口味与阅历选择提炼出来的。这些书籍，特别是其中的所谓经典，一方面提高了我对文学理解的门槛，同时也导致了敬畏所引发的某种犹豫。个人的写作欲望因此变得淡漠。这种淡漠与这些文学作品背后的庞大情境有关。面对这些经典，我们显得如此渺小。我们不是生活在大时代里的人，没有经历革命的烽火洗礼，也没有翻云覆雨般的社会变迁。"五四""抗战""文革"，没有一环扣住了我们的个人生活。当然，有些事件的存在，让我们的价值观本身受到严峻的挑战。国家不幸诗家幸，永远是无奈的悖论。具体到了一个写者，倾向却不言自明。

所以，我长久地有一种错觉。一个聪明的作家，大都是从过去的经验中寻找元素，很少有去书写当下。而书写当下题材的作品，也很难受到首肯。对年轻写者，生活的疏淡平凡所导致的经验真空，更是很难规避的状态。一切皆因时代，这个时代经验里可写之物付之阙如。

事实上这个错觉跟随我很久。后来极其偶然地，因为友人的希望，我写了一个故事。我称之为故事，因为真的只是作为故事而写，没有压力与顾虑。这其实是关于城市中一个平凡人的事情。身边的城市，是我极熟悉的，所以写得顺畅。写主人公享受这种平凡的生活，一面又被平凡的生活所挤压的遭遇。所幸，最终，遇到了同类，所以，结局算是完满。后来我将这篇小说投给《收获》杂志，很幸运被采用了。一直心存感念，从某种程度上，写作小说的信心，也是这个时候树立起来的。

后来逐步发现，平凡本身有着独立的审美价值。我们身边，当下微小的生活，也有很多可书写的东西。问题不在于生活本身如何，而在于你怎样去表达。比方我们谈到悲剧，不免想起莎士比亚式的巨制。那种大开大阖的面目。但是，我相信，悲剧也有其他的表现方式。杨绛先生曾经翻译过兰德一首短诗：我和谁都不争，/和谁争我都不屑；/我爱大自然，/其次就是艺术；/我双手烤着生命之火取暖；/火萎了，/我也准备走了。这首叫作《生与死》的诗，非常地吸引我，因为它在温暖的表皮深处有一个悲凉的底。这份悲凉也并不尖利，心平而气和。同样，喜剧也可以冷静冲淡。塞林格有篇小说《献给艾斯美的故事》。艾斯美的弟弟叫查尔斯，"我"与艾斯美在茶室交谈时，查尔斯尖叫着问：一堵墙对另一堵墙说了什么？答案是：墙角见！墙角见，这是简短的喜剧。会心之后，却有些哀伤袭上心来。就这样，我们会看到，有些关于语言与生活的表达，会超越嬉笑怒骂粗粝的外壳，到达风停水静的彼岸。

有时喜剧与悲剧，只是一线之隔。我写过一篇叫作《谜鸦》的短篇小说。大致说的是一对生活在城市里的年轻夫妇，因为对一只乌鸦身份的错认，后来导致了悲剧。然而，这个故事的叙述，由始至终是喜剧的基调。大概是一种尝试。并非是指乐极生悲，而是，人们在喜乐的谜面之后，有一个不可预期的黑洞般的谜底。

一直以来，太过激烈的东西，不是我所欣赏的。一位文学前辈对我说过，最动人肺腑的，是人之常情。

记得看韩邦庆写的《海上花列传》，写时光晃晃荡荡地过去。大格局，小情爱，一点一滴都是风景。这大概就是体贴与经得起推敲的文字生活。

《红楼梦》里头，第十六回开头的描写：一日宁荣二府正齐集庆贺贾政的生日，忽有门吏忙忙进来，至席前报说有六宫都太监夏老爷来降旨，"唬的贾赦贾政等一干人不知是何消息"，手忙脚乱起来，而贾政等奉旨进宫后，"贾母等合家人等心中皆惶惶不定"，贾母尤其地"心神不定"……直到确证非祸乃福——贾元春"晋封为凤藻宫尚书"，又加封了"贤德妃"，贾母等"方心神安定，不免又都洋洋喜气盈腮"。这中间很有值得玩味的东西。"惶惶不定""洋洋喜气盈腮"都用得好极。好便好在是人之常情。一悲一喜，皆因是平凡人的情绪，和贾府上阔大堂皇的背景相映成趣，且足以信服。

我的一篇小说，写一个年轻大学教师的浮生六记。这个人是个适可而止的人，对人的欲望是一点点，所以他容易满足。有人作评语时说："是写人生的一个小小的光景。""光景"一词我认为用得很不错，因为光景总是平朴的，没有大开大阖，只是无知觉地在生活中流淌过去，也许就被忽略了，但确实地存在过。人生也正是一连串的光景连缀而成。虽然稍纵即逝，确是环环相扣，周而复始。后来，我用夏加尔一幅画的题字为小说命名，至今仍觉得是贴切的，就是《无岸之河》。

在小说集《相忘江湖的鱼》里，我引用过德赛都的话："献给普通人，献给行走于街巷的的平凡英雄，无所不在的角色。"他们的确是可尊敬的。这些普通人，生活在与之相濡以沫的城市里，勤恳地打造着建筑时代的砖瓦。

我的小说，大多以城市作为背景。城市，总是个悲喜剧交相辉映的地方。那是都会的脸，包藏了丰厚的、砥实的人生。波澜不兴之下，那是城市的心脏，有强大的律动。

城市又因为过于迅疾的节奏，造成对人性的挤压。最终成为人性的实验场。在这里，有许多无法回避的主题，比如，爱。爱也可以有多种形式，并非总以幸福为终点，有的爱，一开始就是铤而走险。一路的主旋律都是牺牲和困苦，甚至响起了战争的啸音。多数人的爱却是极其家常的，渗透到生活的骨子里去，你甚至辨识不出它完整的面目。然而，就是这些习以为常的东西，是回首后最彻骨的痛与快。

一切，皆因生活的宽容。

除了写作之外，说回阅读的话题。一如文首所言，这于我与文学间，是更漫长的延续。近期读得多的，多是短篇小说。短篇在当下华文写作界的境遇，总像是劫后余生。大概长篇渐渐被视为作家历练成长的指标。短篇作为文体的意义因此受到质疑。事实上，短篇的写作是比长篇更为考验作者的心智与能力。不同于长篇的体量,可供游弋的余地很多。凤头豹尾,穿插藏闪,有许多的空间,可自成体系。短篇是生活的截面,以一斑而窥全豹,内中大有讲究。究竟是横截,还是纵截,截那年久的,还是晚近的。时态与结构,都容不得有半点闪失。

说到底,短篇的好处还是在于其"节制"。契诃夫说,"简练是才能的姐妹",便是这个意思。他自己做得十分好。这一点亦延续到他的戏剧创作。对于铺陈的考究,几乎成为其写作严苛的指标。旧年获得诺贝尔奖的女作家门罗,亦是个中翘楚。其广为人知的短篇集《逃离》,写女人与劳苦者,言语的朴素与淡和,几乎使得作品呈现出某种琐屑的质地。但同时,她又是锋利的。锋利于叙述者与人物对于生活的态度。她的同行辛西娅·奥齐克指出了她与契诃夫之间的承继关系,在于他们作品中的"无事件感",以日常的心态去应对所有,而后顿悟。当然,这是短篇小说观的一种,同样以"克制"而著称的雷蒙德·卡佛,标榜的是作家应有的对日常如"落日与旧鞋子"的好奇态度。因此,短篇小说本身,并非是铁板一块。前些年声誉日隆的女作家安妮·普鲁,其文风粗粝的质地亦与门罗大相径庭。门罗作品突出的地方性成为她小说的重要特点。而美国南方的作家,因为对于道德感和宗教的微妙情绪，同样赋予其作品以特立独行的质地。这方面的典型，奥康纳和麦卡勒斯提供了很好的例证。

中国的短篇小说，源远流长。《孟子·离娄章下》中一篇《齐人骄其妻妾》几乎完美地具备了当代小说所有的叙事元素。而唐传奇、话本、明拟话本以各种形式将中国短篇小说的精华铺衍发展。笔记小说是其中很值得一说的部分。胡适称"笔记小说极有价值，可补正史之不足"。当然意义则远不止于此。更可强调的是其代表的人文精神的传递。至今为人所称道的《世说新语》，其中所提出的"雅量"与"任诞"的概念，仍然是外界观照东方的重要窥口。流传甚广的是有关竹林七贤的故事："刘伶恒纵酒放达，或脱衣裸形在屋中。人见讥之，伶曰：'我以天地为栋宇，屋室为裈衣。诸君何为入我裈中？'"寥寥数语，狂狷之形跃然纸上。郑仲夔的《耳新》，因其爱写诙奇诡怪之人，总被目为《世说》的仿作。但书写中与时俱进的精神，却被忽略。如"番僧利玛窦有千里镜"之类的文字，几乎与中国开放与科学史的发展遥相呼应，且写得好看而家常。此外，《阅微草堂笔记》《清朝野史大观》中均有颇有机趣的篇章。其中很迷人的掌故感，亦影响了现当代的小说作家。林斤澜与汪曾祺等，可为最出色的薪火传递者。

无论古今，再浓厚的小说说到最后，感动我们的，往往是极其细微的东西。一句话，一个远景，甚至只是一张脸。因为我们终日浸泡于其中，与之相守相知。而当它们转化为文字，如同针芒，让我们在阅读的激流中，无所回避，触动不已。

葛亮

小山河

文学

旧年看过一出话剧《盲流感》，脱胎于萨拉玛戈的作品《失明症漫记》，深为人之间交流障碍所造成的恐惧所击打。因为监督的不在场，所有的东西都以爆发的形式呈现出来。当然大多是坏的：猜忌、懦弱、偷盗、奸淫、凶杀，奴役出现得顺理成章。几乎不需要铺陈。这种无秩序感，超越了上帝之手。

那么，如果这交流，仅仅是因为素不相识，是不是更易于接受？通信技术革命，似乎给了我们更多编制人际关联的机遇。麦克卢汉在二十世纪提出了"地球村"概念。以现代电子通信视角做出"地球缩小"的譬喻。而今，这种比喻已经以超现实的方式被放大为最不可思议的网络帝国。冷战后跨国资本建立的所谓"国际系统""信息高速公路"所带来的文化全球化传播，成为了世界压缩新景观。电邮、SMS、聊天室、BLOG。虚拟的社区提供了最为多元的角色扮演。一九九三年《纽约客》杂志一幅漫画的标题"在互联网上，没有人知道你是一条狗"，这其中有乐观与欣欣然，然而底里却意味深长。

也许，我们应该古典一些。刀耕火种自然不现实。即使是通信，"家书抵万金"也成了二十一世纪的神话。还好，至少还有电话。贝尔发明它的时候，也并没有想过它会和古典主义沾上边。我们叫它"德律风"，因为听起来，或许更为美好。这也是我一篇小说的名字。未相识的人，因为一条电话线将命运联系在一起。他们有着理所当然的不知情。一方是为了排遣，一方是为了生计。然而，却渐渐形成了一种依赖。这依赖是潜移默化的，时而还有着坚硬的质地。关于对时代的质疑与不甘，关于人生的颓唐，关于性与爱，他们都有着自己的见解。而因此和对方做着制衡。然而到了最后，他们终于都暴露出了人性的脆弱。这脆弱因为以良善作底。并不是消沉的结果，而是势必走向强大的涅槃。

还好，仍有文学。它或许是任何时代的救赎。本尼迪克特·安德森曾提出所谓"印刷资本主义"的说法，其意为，印刷术和资本主义相结合催生出的印刷语言与印刷文学，直接扩展了人们的生活在时间和空间上的幅度，在这个幅度之内，虽然大家都素未谋面，但"共同体"的休戚与共感，仍然可以透过"文学"塑造出来。文学作品，尤其是小说，通过设定一个广大的读者群体并吸引这个群体相互认同，有助于创造"想象的共同体"。

这是对昔日人类文明的总结,却又成为对数十年后人类文明的预言。如今的共同体,是一个远比印刷时代更为阔大、多元且变幻莫测的空间。我们每个人,因为互联网将命运交织在一起,分享、表达、砥砺。我们前所未有地获得发表见解的自由、建构与颠覆的自由。一种新的文学应运而生。新文学的创作者同时成为话语的生产者。在这种话语模式中,英雄主义不再大行其道,历史重荷亦翩若惊鸿。伴随着一些神话的诞生,我们看到了来自于民间的价值观渐渐清晰,让我们无以回避。山楂树下,清澈如水的爱情,带着昏黄的影,且近且远;迅速成长的八〇后,职场上无往而不胜,却过着似是而非的个人生活;三百年的大明同晓梦,时而嬉笑,时而怒骂,在解构中现出血肉丰盈的历史。这些文字,带着温度,是这时代最真实与砥实的声音。因为它关乎内心,也关乎稍纵即逝的城市表情。因为网络,也因为文学,个人变得前所未有的强大与尊贵。这是一个众声喧哗的时代,个人的所在,即使无法脱颖而出,但却依然改变着这时代的旋律。如一个网络作家在作品中的自白:"我想让这个世界,因为有了我,而有一点点的不一样。"这一点点的不一样,或许就是我们存在的价值。这个作家,曾创造了一场话语的风暴。这风暴的名字,叫作"那些年"。

一封读者的来信。其中有这样一句："到底历史与现代孰新孰旧，只有人真实存在过的时代才能承载其中的魂。如果身在其中的人是属于旧时代的，那么身边的万物也同他一起回到过去。"我被这句话触动。同时间，发觉有关这座城市的记忆，都是来自于人。气息、声音、影像、喜乐，都负荷着人的温度。记忆或许可以作为对抗的武器，在格式化的生活里，渗透、建构、强大，最终破茧而出。

　　一六六六年九月二日凌晨两点，一场大火结束了文艺复兴时期的伦敦。大火从布丁巷烧起，整整烧了五天。余烬未凉，克里斯托弗·雷恩设计了以伦敦交易所为城市中心的新伦敦。然而，这以物质为导向的新设计施行举步维艰。因为人们所熟悉的伦敦，并未因大火而覆灭。因为这城市曾经的根基，如此顽固地在英国人记忆深处扎下了根。因为莎士比亚、乔叟、威廉·布莱克，以及更多的名字。

　　或许，因为文学的存在，我们心中的城市，可以留存得更为清晰、丰盈、久远。代际间传递下去，成为永远的记忆书签。

第四章 光景

出神

文字与电影，皆我所爱，而又素以为两者间自有壁垒。

电影确是好的，好在表现力上，声光触动，流泻笔端，时觉难尽其意。另一则，其实心底下，对文学有些偏袒。七大艺术中，电影为后之来者，却又是实在地先声夺人。因缘际会，短短百年，走过了文学漫漫成长演变之路。

早期的文字守望者们，多少有些不忿，对电影是君子远庖厨的心态。但印象里，却有两个很大的异数。一个是毛姆，一个是乔伊斯。前者事业如日中天，恰逢好莱坞的盛世。一九二五到一九四五年，毛姆有九十八部作品被改编成电影上映。仅是短篇小说《雨》就陆续三次被搬上银幕。毛姆的奢华无度是公认的，他对电影的热忱便也被解读成了为稻粱谋。那么便来看看乔伊斯。老乔是个影痴，这一点成为他人生中最天真而有趣的部分。其对电影的迷恋方式亦臻化境，曾经成功说服特里斯特的一家电影公司在都柏林开设院线，并自告奋勇担任筹备人。这家叫作伏尔塔的影院日后惨淡收场。在旁人看来，即便是为艺术,也显得有些偏执,乔伊斯却矢志不渝。《尤利西斯》诚恳地实现了电影技巧与小说的约盟,而乔氏也因此以文学人的身份获得了影界的尊重。爱森斯坦晚年著名的语录:"必须向乔伊斯学习。"惺惺相惜间,几成佳话。

其实也为了让自己确信,电影与文学到底一衣带水。取之于光影,绘之以文字,也算好的意象。意象不期得之以精准。精准与艺术往往是天敌。"徘徊庭树下,自挂东南枝"是好句,而"北方有佳人,自挂东南枝"便因逻辑精确而悚然可怖起来。意象更好似一个轮廓,留有余地与空间,是等待去充盈的。这或可说是电影与文字的汇通处。

电影是入世的艺术,"观"便并非出尘的经历与心得,只是为一些好看的电影做的纪念。旧年北京友人来港,共与北岛老师聚叙。由诗论及电影。北岛老师言谈,向有长者的淡和与平稳,然而忆起青年时与友人看电影的趣事,语气倏然昂扬起来。眼中于是有了光,令听者也为之心动。或许,这便是光影真实的质地,可以是一个人的收藏,亦可是一代人的心迹。彼此叠合,竟不差分毫。其间又有一脉相承的传递。偶然的机会,翻看《中国学生周报》,纸页已有些泛黄。然而罗卡、石琪诸君的影评,至今仍令人为其见地而击节。二十世纪六十年代的文字,现在读来,竟毫无阻隔之感。陈冠中先生称其对香港青年一代文化人有开蒙之功,并非过誉。对于一个出生在七八十年代之交的人,电影于其时代,于其成长,都有着非常的意义。这种意义,或许带有了自我体认的性质。

如此,回首前尘,写下在微薄的年纪对电影的记忆,竟也有了些许曾经沧海的心境。

经年

许多年前，还在读书，在江苏昆剧院看过一出《风筝误》。当时看得并不很懂，只当是才子佳人戏。主题自然是阴差阳错，古典版的《搭错车》罢了。多年后再看，却看出新的气象来，演绎的其实是理想与现实的盟姻。书生与佳人，生活在痴情爱欲的海市蜃楼里。周边的小人物，却有着清醒十足的生活洞见。《题鹞》一折，世故的是个小书童，对寒门才子韩世勋的风月想象给予了善意的打击，并提出了李代桃僵的社交建议。道理很简单："如今的人，只喜势利不重孤寒，若查问了你的家世，家世贫寒，连诗的成色都要看低了的。"说白了，就是价值观。在现代人看来，几近恋爱常识。朱门柴扉，总不相当。才子却是看不到的，听后自然击节。女方也有奶娘扮演实用主义者，与大小姐讨价还价，"媒红几丈""后君子先小人"说得是理直气壮。世态炎凉，实在都是在生活的细节处。书生们总是很傻很天真。太美好的东西，是不可靠的。要想成事，还是得靠心明眼亮的身边人。他们说出粗糙的真理来，并不显得突兀。这些真理即使以喜剧的腔调表达，内质仍有些残酷，残酷得令观者对目下的生活感到失望。然而，大团圆的结局却教人安慰。因为这圆满是经历了磨砺与考验的，有人负责戏，有人负责现实。人生才由此而清晰妥帖，真实而有温度。

电影《戏梦人生》里头，有句一唱三叹的话："人生的命运啊！"这是由衷的太息。李天禄一生以艺人之姿，在布袋戏舞台上搬演他人的喜怒哀乐，可谓稳健娴熟。到了自己，唯有心随意动地游走。京戏《三岔口》在影片开首的出现，除时局的映射，或许是贴切的人生隐喻。由日占至光复，毕生所致，一重又一重的迷梦与未知。主义或时代，大约都成为了"人"背后茫茫然的帘幕。性与死亡，虽则亦时常出人意表，却每每切肤可触。电影三分之一是他的回忆。侯孝贤是懂得他的。这"懂得"用静止与日常来表达。"片断呈现全部"决定格调必然的平实散漫。侯导与剪辑师廖庆松说，"就像顶上有块云，飘过就过了。"一百五十分钟，一百个长镜，只有一个特写。素朴到了似乎无节制的程度。《白蛇传》《三藏出世》是戏中的梦，在民间悠远地做下去。生活另有骨头在支撑。影片中重复多次的吃饭场景，那是一种"人"的历史。电影的原声音乐。陈明章的《人生亦宛然》大概是最为切题的，恬淡自持。也有大的激荡磅礴，是唢呐的声音。说到底，还是回归：行到水穷处，坐看云起时。无关时代起落与变迁，直至影片结尾升起一缕炊烟。此去经年，往复不止。

人生如戏，戏若人生。这是根基庞大的悖论。将戏当成人生来演，"戏骨"所为，是对现实的最大致敬。而将人生过成了戏，抽离不果，则被称为"戏疯子"。《霸王别姬》里的程蝶衣，是不疯魔不成活的悲情教材。《蝴蝶君》中的宋丽玲，爱恨一如指尖风，却清醒到了令人发指的地步。庄生晓梦，有人要醒，有人不要醒。没有信心水来土掩，醒来可能更痛。

所以大多数人，抱着清醒、游离、戏谑的心来过生活，把激荡闳阔留给艺术。希望两者间有分明的壁垒，然而终究还是理想。譬若文字，总带着经验的轨迹。它们多半关乎人事，或许大开大阖，或许只是一波微澜。但总是留下烙印，或深或浅，忽明忽暗。提醒的，是你的蒙昧与成长，你曾经的得到与失去。

是的，有这么一些人，不经意置身于舞台之上，是树欲静而风未止。写过一个民间艺人。他是与这时代落伍的人，谦恭自守，抱定了穷则独善其身的心。然而仍然不免被抛入历史的浪潮，粉墨登场。这登场未必体面，又因并非长袖善舞，是无天分的，结局自然惨淡至落魄。忽然又逢盛世，因为某些信念，亦没有与时俱进，又再次格格不入。在全民狂欢的跫音中，信念终至坍塌了，被时代所湮没，席卷而去。

又有一些人，活在时间的褶痕里，或因内心的强大，未改初衷。比较幸运的，可在台下做了观众。看默剧的上演，心情或平和或凛冽。而终于还是要散场，情绪起伏之后，总有些落寞。为戏台上的所演，或是为自己。

岁月如斯。以影像雕刻时光，离析重构之后，要的仍是永恒或者凝固。而文字的记录，是一种胶着，也算是对于记忆的某种信心。人生的过往与流徙，最终也会是一出戏。导演是时日，演员是你。

沧海

近几年间，看着祖父的几位老友王世襄、范用先生陆续凋零。有时想，祖父早逝，未及体会迟暮的沧桑，或许也是一种错过。老人的感情，比年轻人练达、通透，但或许临近彼岸，也有自己的一份脆弱。他们的亲情、爱情、友情因曾经沧海而更为沉着。驾驭老年题材的导演，在我看来，他们心中，多少都有一颗"老灵魂"，在光影的凝聚间不疾不徐地沉浮，让我们随之安静下来。在丰盛的秋天，写这篇文章，是一种愿景，也是致敬。

对于韩国导演李沧东，总有着某种隐隐的期待，由早期作品《绿洲》开始。或因他曾为作家的身份，心有戚戚于此，总在捕捉他有关文学立场的表达。为他赢得国际声名的《密阳》之后，一种直觉告诉我，期待不虚。这时，出现了《诗》。

你很难界定《诗》的性质。剧情并不复杂，一个年老的人，患了阿尔兹海默症后，用自己的方式，与世俗做最后的妥协与对抗。在短暂的时间内，诗意而现实地活着。李沧东对于"救赎"二字的理解，十分微妙。宗教与文学，形而上地建设了主人公茧一样的人生城池。美且脆弱。而同时，他的世界观里，又包含了出人意表的烟火气。这使得任何的涅槃都变得不会顺理成章，甚至，带有了一种令人难堪的磨难感。《诗》中祖母的角色，贫穷，自律，超脱于众的骄傲，平朴与璨然集为一身。但是，在影片的尾声，她暴露了自己衰朽坍塌的身体，实现了对濒死的老翁最终的性的报偿。在这仓促而艰难的交媾中，李沧东亲手扼杀了有关神圣的所有联想。诗，成为老人不可称道的生活中，一些优雅而明朗的句读。一个镜头，挥之不去。在人生的最落魄处，她未忘记掏出笔记本，记录下所见一瞬的感动。身后繁华似锦，尘埃落定。

晚年成诗，朝如青丝暮成雪。对老年题材的处理，日本上一辈的影人，有一种别样的平静与琐细。小津安二郎对于伦常的勾勒，往往于无声处。《东京物语》是一个有关于"到来"的故事。久居乡野的年迈夫妇，在去探望儿女的前夕，为一只枕头抱怨彼此的健忘，其中是源于日常的笃定。而当他们进入了都市，忽然间变得无措。子女的忙碌、冷淡隐藏于生活的潜流之下，冲刷着两位老人的憧憬。这便是战后的日本，沟壑横亘代际之间，以城市之名，尽收眼底。在长久的沉默之后，老人说，"知道他们好，就好了"。一言道尽父母心。影片的最后依然是那扇朝河的窗口，不如归去。小津的姿态，洁净的长镜，Pillow Shot。袅袅升起的烟尘，时钟。时间过往，暮色苍茫。有关"抛弃"，《楢山节考》更似一则寓言。八苦四谛，求不得，伤别离。情何以堪。如来日不久，离去在即只因残酷的生存法则。总觉得原著中深泽七郎所描绘的，不过是个兽性的故事。然而，今村昌平将人的萌动注入其中，有关衰朽的美，无私与性的冷酷与温存。以一种近乎仪式的方式表达。年迈的母亲，坐在堆叠的白骨间，等待死亡。她亲手毁了一颗门牙，为了让自己显得老迈，符合一个将逝者的本分。无所谓感动，出于自然。秋叶静美。今村让你看清它落地归根后悄然的腐败、溃烂与甘心。

近年，群居的老人关涉光影。"群居"带有某种象征的意味，"孤独"已然为其内核，可见一个悲喜交加的空间——老人院。夏加尔在作品中题写：Time is a river with no banks.（时间是无岸之河。）老人院如同单程渡轮，却在无知觉间，驶向人生彼岸。没有任何一个地方,如此多而反复地上演生离死别。成见中,如何修饰,似乎不可改写其中黑色黯然的基调。《飞越老人院》中的老葛,在抛弃中仓促地进入了略显残败的院落。《桃姐》的主人公,中风之后,几乎带有决绝,置身于这个境遇各异、各怀心事的人群。他们都有自己内心的坚守,如此幸运,却亦有一个年轻人担负了他们与过往的联络。如同复调,一段向上的新鲜的人生起始,与一段平缓的、略带晦暗甚至世故的人生的着陆。冷暖交织。无论张扬的喜中藏泪,抑或是许鞍华的哀而不伤,皆因为相同的尊严感,赢得了"老灵魂"应得的敬意。老葛那棵植物,在锈迹斑斑的痰盂中,一径盎然与固执地生长;他与孙子之间由于"麻雀"的故事,而达成心照不宣的默契。桃姐在 Roger 电影首映礼的那一天,特意去烫了头发,将自己打扮得焕然一新。昏黄的灯光下,他们在身后互执了双手,形同母子,且行且进。一个步向终点,一个走入未来。

世上最动人处,皆是人之常情。老人的存在,让他们看到,这"常情"的日积月累,集腋成裘。其中的丰厚与沉淀,或许到了他们的年纪,方可幡然而悟。忆起我看过的第一个西片,《雨中曲》。那天从边远的小礼堂里出来,外公推着自行车,载着我回家。夕阳的光，笼在祖孙俩的身上。外公没有说话，静静地走，然而不知什么时候，嘴里轻轻地哼起了电影里的旋律。外公的声音，是一种很好听的男中音。和那个叫作吉恩·凯利的男演员华丽的声线不同。这声音让人感到更为安全与温厚。我抬起头，看到年过六旬的外公，眼睛闪烁出罕有的青春的光芒。那时的我，并不知道，出身资本家的外公，曾是中国光影故事中最初的弄潮儿。在时代的跌宕中，湮没或收藏了自己有关电影的记忆。只在这一刻，倏忽而至，喷薄而出。

《老无所依》，汤米·李·琼斯所饰演的垂暮警官，在片末喋喋地回溯自己的梦境。那梦中的不安，因为回忆而稀释，渐渐注入了某一种莫可名状的力量，令观者动容，休戚与共。

镜像

黄碧云在短篇小说《丰盛与悲哀》中"本事"一节开宗明义地写道:"我想讲一个关于上海的故事……"在文中,她更是借叙事者在上海的游踪,道出:"去了常德公寓。他们说是张爱玲的旧居……他们说张爱玲疯了。我想,在上海这样的一个地方,要活下去不容易。我只想站得很高很高的,写一个上海的故事。"如此,我们感觉到黄作为一个香港作家为上海这座城市建设文本的企图。吊诡之处在于,这则关于上海的故事,出自于文中香港电影工作者的一出剧作。黄借用一种文本段落间"拍摄"与"被拍摄"的关系将城市间的对话关系复杂化了。换言之,这个关于上海的故事本身是出自摄像镜头之下,并不期然地承接了某种"香港凝视"。

而这种凝视本身,在导演道出拍摄初衷"如何抵受历史与爱情的诱惑"时,也已经明确。上海在"香港凝视"下是历史性的。这种历史本身的演绎方式一如分镜头剧本,呈现出跳跃型的切换状态。太平洋战争、解放战争、新中国成立、"文革"、三中全会后,在小说中，历史的更替和起落是匆促和迭进式的。而人只是在这种演进中无法自主的被动个体。作者在"开场""独白"等节借导演对于演员的指令与提示将这种界线感进一步明确化："哦，你们第一次见面？对对稿。你们年轻时在上海。""你们看着黄昏的上海。景色和四十年前没两样。其实你们之间已经没有爱。那不过是幻觉。由上海而生的幻觉。"

导演企图假历史之手，借"拍摄"这一行为，去掌控这座城市中所发生的故事。作者的清醒之处在于，其在小说中一再地强调对"像"的追寻，甚至将小说中的一节明确为"电影就是电影"。上海之"像"作为历史想象的"他者"存在，依赖主体而生，亦因主体而止。小说悲剧性的把握，在于结尾部分点睛式的收束之笔。因为男主角身患癌症，电影的拍摄戛然而止，令导演始料未及。

> 电影没有如他想象般完成。电影以外又发生着可笑的事，似曾相识，但又在演绎出人意表。导演想，连人杜撰出的故事，也不能为人所掌握，更不说不为人知的命运了。

以上文字揭示出一个"城市性"主题。有两座城市因其在历史、社会经济文化等方面存在着紧密联系，且在文化品质方面可观的相似性频频进入我们的视野，这就是香港与上海。近年来，由于其城市品格的复合性定位，沪港之间的比较渐成热点。

弗洛伊德曾经在《论那喀索斯主义》一文中，指明了主体与他者的肯定性关系，即镜像作为同一性幻觉的存在。可以得到印证的是，香港在历史文化场域中对上海所寄予的"镜像"意识，亦颇具其渊源。二十世纪三十年代后期以降，由于几次由沪至港的重要的人口流动与文化渗入，香港在潜移默化中"上海化"的过程几乎从未间断。由经济文化领域到社会生活，具体到城市景观中，大大小小的商户与食肆，不少都打上了上海的烙印。如此就不难理解，香港关于自身的文化记忆，有相当部分是"上海性"的。如李欧梵所言："（在经济的疯狂增长之中），当香港把上海远远地抛在后面时，这个新的大都会并没有忘记老的；事实上，你能发觉香港对老上海怀着越来越强烈的乡愁，并在很大程度上由大众传媒使之巩固（使之不遗忘）。"由此可见，香港人的上海怀旧，成为成分复杂的"精神还乡"，而对自我身份的困扰与对上海的致敬，也因此而模糊了界线。这种文化观望是情结式的，导致的直接结果，是香港为上海持续不断地生产后者进行文化认同所需要的镜像。而饶有意味的是，这些镜像的品质往往比上海的自省所见更为直观与清晰。

当我们扩大"镜像"的外延，逆向思考，会发现香港作为他者所发出的声音，大大地丰富了"上海"的内涵。具有代表性的是近年来在文化界兴起的"老上海"风尚，不容忽视的份额归功于"香港制造"。香港"看"上海的动作，依然是两者间二元格局的延续。然而，这种审视的角度，并不能被完全定义为"香港"的，其中包含了一种对于上海的"忠诚"。

在这其中，最具有影响力的，莫过于香港电影界近年来对"老上海"浓墨重彩的书写。

以影像的方式模拟镜像，说服力毋庸多言。二〇〇〇年香港导演王家卫的一部《花样年华》，叙述发生在上世纪六十年代的香港故事。然而存留于人们记忆的，却全然是一幅物化的上海图景：喋喋不休的上海话，令人眼花缭乱的旗袍，收音机里周璇的老歌不绝于耳。除却香港时代背景的外壳，全然是一则关于上海的浮世寓言。香港叙事成了一个空洞的能指，上海则具象为导演毫无掩饰的醉翁之意。如果说，原籍上海的王家卫，如此表达尚存在血脉与地缘上的亲近感，那么，在香港土生土长的关锦鹏，则全然以一个文化他者的立场投入对老上海的认同。

电影《胭脂扣》由外至内地明确表达了"缅怀"主题。二十世纪八十年代的现代香港夫妇与三十年代的女鬼发生时空层面的互涉。女鬼的形象指代了消逝于历史的文化魅影。她的复现提供给现时一个审视与寻找自我身份的机遇。导演在处理两个时代的影像风格时，刻意地夸张了奢华与朴素的反差，使得其中的对话性呈现出一种扑朔的起伏与不确定感。关锦鹏在接受访问时，明确地说："香港人对未来很茫然，反而趋向怀旧，缅怀过去的一些情境。我承认，我对三十年代的生活的确很痴迷。发现自己对三十年代香港或上海那种世纪末的情怀特别喜欢。"关的表白，将"上海"视为香港的历史"补足性"情绪的外延。然而，其在以后的作品中对于"老上海"的念兹在兹，却已改变了这种因果联系的质地。

关锦鹏陆续拍就三部以旧上海为背景的影片，有人戏称为"上海三部曲"。关否认了其中所隐含的系列性联系，称只是无意为之。然而，其一再地以香港文化人的身份表达了对（老）上海的敬意，却深可玩味。《阮玲玉》以"后设"的方式记录了一个香港的女演员张曼玉如何在当下塑造上海昔日红星的全过程，其中包括了一些经典镜头的重新演绎，以戏仿的方式将新旧并置，非常直接地呈现了两者之间的镜像关系。而在《红玫瑰与白玫瑰》中，影片以大量的长镜描摹作品场景之余，忠实地将张爱玲的文字投射于银幕。"忠实"的背面表现出一种审慎的文化心态，即对老上海内蕴的可遇不可得。《长恨歌》则自觉地通过改编将香港作为叙述元素纳入，香港成为了"逃脱"与"末路"意象的交叠，成为淡定的上海大背景中不安且混沌的外来者。

在《长恨歌》中，我们可以发现关锦鹏对王安忆原作中的情节饶有意味的改编，即蒋丽莉这个角色在一九四九年前夕的人生归属。在小说文本中，蒋结识了一个地下党身份的导演，并"在他的影响下参加了革命"。而在电影版本中，蒋嫁作人妇，并随资产者家庭举家迁往香港（同类型的改编可见香港导演许鞍华对张爱玲作品《半生缘》中叔惠前途的处理）。我们自然可以体会到其中所包含的"投奔"意蕴，内涵发生了具象的质变，由选择"革命"到"逃港"。香港人对"去香港"作为上海人的"出路"的认同，与其将之理解为香港进行主体重建的一种方式，毋宁说反证了香港作为"上海镜像"的存在——上海离弃"家城"，投向一个"像"自己的城市。

我们可以发觉关锦鹏对上海叙事悄然发生的态度转变——从边缘化的、抽离的客观立场转向一种相对投入的境界。关锦鹏在其电影笔记中讲述心得：

> 关于老上海风格的描绘，不应仅停留在物质层次上的复制，而应属精华本质的视觉美学呈现。这一切都需要由曾经与它一起长大的人之视野及想象去完成。

可以推论的是，关此时已将自己对于"老上海风格"的出色把握，归功于一种"类上海人"的观点与想象。关奇妙的文化认同感一方面无疑建基于"上海故事"为其带来的艺术成功体验，而亦从侧面印证"香港制造"的"上海镜像"其公信力与受接纳程度远超乎人们的想象。反讽的是，在关氏"上海"受到交口称赞之时，内地导演侯咏同样处理老上海题材的影片《茉莉花开》却遭到了文化界的质疑，尤具代表性的是来自上海导演江澄的批评。《茉》片中被侯咏视为黄金组合的演员阵容被江几乎全盘否定："姜文的这个角色让梁朝伟来演比较合适。如果不是张曼玉现在年纪有些大的话，章子怡的角色绝对应该由她来演。陈冲是个不错的演员，没有必要替换。至于陆毅，虽然是上海人但却没有上海人的味道,我看还不如让吴彦祖来演合适一点。"江的批评有意味之处在于,其理想中足以称职地演绎上海的人选,除陈冲外,恰是清一色的香港演员(且都在港产"老上海"影片中担任过重要角色),甚至较出身上海本地的演员(陆毅)更具"上海味"。而江澄在亲自执导的"上海风情浓郁"的《做头》一片中,则身体力行,启用了香港明星关之琳作为主角,其理由是:"香港和上海两个城市无论哪方面都很相似,所以香港演员更加能够胜任上海的故事。"除却演技方面的考量,江的推论未免体现其"想当然"的文化想象。然而,当这种想象由一个以上海代言人自居的主体进行表述时,却发人思索。"上海"对这种香港生产的自我镜像的欣赏与满足,无疑将香港的镜像地位由形式到内容进一步固化了。这亦成为一种认可,使得香港钟情于这种联系,并将对"老上海"的感情辐射至对于新上海的观照之中。

　　上世纪八十年代末以降,上海进入了高速的都市重建时期。香港人在为老上海"自为镜像"的同时,却意外地在浦东的天空线上看到了自己城市的轮廓。这是十分微妙的事实,亦决定了香港人对于新上海的暧昧心态。李欧梵指出:"新上海的城市景观看上去就是镜像的镜像——对香港的现代与后现代复制,而香港长期以来一直以老上海为蓝本。"新老上海在时空层面的阻隔因为香港的存在以反射与再反射的方式不期然地实现了连接。上海摆脱了计划经济的桎梏,在十几年的恢复性建设后,显示出傲人的发展态势。而香港在经历了金融风暴等动荡之后,正处于由衰退到复苏艰难的经济转型期。新上海的崛起对香港而言,成为"老上海"在历史层面之外的另一种"补足性"情绪。张志刚十分尖锐地刻画了这种心境:上海超越香港也成为最时髦的话题,大家都向仍在发展阶段的上海涂脂抹粉,将上海说成如何如何、怎样怎样,就好像上海越成功,香港人便越满足一样。

香港本土的文化界对上海的态度无疑有更多的保留。黄碧云在《丰盛与悲哀》中,以悼念的口吻讲述了昔日上海的繁盛,以之否定了今日上海的空洞与失落。对于黄而言,"上海情结"是与香港本体关联的自足心理,停留于历史的间隙,无法投射于当下。

而香港的年轻导演陈果,则将现代上海的元素纳入作品《香港有个好莱坞》。陈以草根风格的叙事,呈现了香港观望中的当下上海。上海"援交妹"红红,与香港青年阿强,形成了上海/香港,女/男的隐喻性排比。陈果着意复写了两个城市之间的二元关系,并且不断地将男性/香港"窥视"与"被控制"集于一身的尴尬处境,通过大量写实性镜头来表现。权力制衡的结局,胜利属于上海。阿强被"黑社会"断掌致残，红红却出国投向了好莱坞的怀抱。如果说，张爱玲小说中的香港，承受着来自英国统治者与上海人的双重注视，那么《香港有个好莱坞》无疑将这种注视的外延扩大了。在陈果的影片中，我们没有看到上海与香港之间的相濡以沫，而是一种激烈的怒其不争的基调。香港学者朱耀伟写道："作为一个生于英国统治时期的香港人，我经常感到自己无论面对内地或西方时，都是'沉默他者'。"摆脱了港英时代的香港，在发言的同时，却再次消隐了自我的身份。

上海与香港之间的镜像关系，在种种强化与推演中，已内化为一种文化视野。理性地对待，将为两座城市的比较研究衍发出更多的可能性。一批香港本土的年轻文化人，以一本合集著作《上海——寻找上海的101个理由》提供了一种思路。在此书的序言中，编者特别提及了王安忆的散文《寻找上海》在香港对母土上海的异地观照。此书可称之为从写实层面与这篇散文的唱和，如编者所言：

> 回到一个城市的躬身反照，历时性的自身历史重省，固然有差异对照的价值在内。……书中的作者在调整角度（由香港看上海，或是由上海看香港，究竟可以

有什么不同的刺激与反省);一方面在书写上海,同时也在书写其他的城市。对比、挪用、拼贴、复制等不同的城市思考,都在不同的文章中有所面对与处理。

每个作者都有自己一套阅读城市的方式,上海于我们而言,充满了流言与爱憎,所以这绝非长他人志气放弃香港的说法,而是不怕开拓视野,提醒我们要不断观察来儆醒自己不足的自省。

世界

再看《世界》。这部影片当年在"水城"铩羽而归,据说在观摩现场把一帮欧洲记者看得哈欠连天,纷纷表示"看不懂"。当时纳闷的是老外们脾气的无常。鸣不平者有之。一九九八年把《小武》捧上天去的是你们,贾导大不易由"地下"转战"地上",成了体制内的导演,代表官方参加你们的电影节,却又不招待见,不由人不心生警惕,是不是有意识形态在作怪。

当年借香港电影节的机会,尽可能在第一时间去看了这部电影(这也是贾樟柯的电影首次在国内公映,毕竟已是他的第四部作品,不包括《小山回家》等)。电影放映前,贾樟柯与主要剧组成员和观众见了面,贾樟柯提及了影片巡回参展的情况,并说,这部《世界》,将我们带向了世界。因为在场有外籍人士,现场配备了一个翻译,用稳健清晰的声音说,*THE WORLD* brings us to the world!

葛亮

小山河

然而，看了十分钟，感觉到了老外的"犯困"的理由。

应该说，《世界》还是非常鲜明的贾氏作品。原生态的影像语言，大量的中景与长镜的交替运用，对戏剧冲突的淡化以及对人格个性的虚化，都是贾樟柯的一贯作风。

曾经和一个热爱电影的前辈朋友交流《站台》。老先生说，贾樟柯是个奇迹。因为有了他，介于意大利新写实主义与奥米之间的电影传统，在中国得以薪火相传。这话说得很让人佩服，贾氏的风格出其不意地与前两者有了交集。他的早期作品，不由人不联想到德西卡等人的叙事能力，沉实冷静，社会批判意识也是通过残酷且不动声色的方式得以表达。奥米我本来不是很熟悉，后来看过他在一九六一年拍出的《工作》，深为之震撼。奥米的作品有个特征，他对于场景空间的纵深感，有非常独到的把握。而贾樟柯对于摄影机位与空间的默契，也有自己的见地。记得《小武》里，小武在汾阳街头流浪，历经了歌厅、澡堂等很多地方。有一幕小武在澡堂洗澡的场景，长镜达数分钟，我们惊奇地发现，电影对观者的心理造成的压迫感以及对人物内心孤独感的体认是澡堂这个空荡荡的空间所赋予的。空间的讲述功能被导演推举到幕前，人物反而被符号化、虚化退居次要地位。而贾樟柯的镜头语言其实又比他的意大利前辈同行要更为刁钻一些。他作为导演，有种与电影的客观性主基调相悖的侵入意识。我很清楚地记得在电影《月台》里，一堵灰头土脸的石灰墙上用粉笔歪歪斜斜地写着：打倒贾樟柯。这些都是让外国人惊奇的，尤其让欧洲人。在二十世纪五十年代，他们曾经为中国在一九三三年拍出的《春蚕》流露出的自然主义叙事观念所惊叹不已。意大利人感慨地说，电影里的老通宝谛视的眼神，是我们电影里的呀。可是，他们轰轰烈烈的新写实主义，实际是在二十世纪四十年代初才开始的。当贾樟柯在二十世纪最后的年头出现的时候，他们很难不为之动容。他们认为，贾樟柯电影中的一部分，也是他们的。

但是，这部《世界》，到底让他们踌躇了。贾樟柯的问题出在了哪里？导演自己将影片定义成一部"忧伤喜剧"，他解释说："现在中国小人物的生活充满了喜剧感和荒谬感，看着他们我非常忧伤，因为生活还得继续。我想说的是，中国人非常乐观，再困难也不会停止前行的脚步。所以在电影最后我说，一切刚刚开始，中国的改变也是这样。"

贾导对民间与小人物的关注还是一贯的。然而，我们在《世界》里确难体会到"忧伤"的存在。贾开始疏于驾驭他在影片中所要表达的情绪。其中有个非常重要的原因，就是贾的作品开始脱离了他一贯擅长的乡土叙事语境——汾阳。这是贾樟柯出生与成长的地方，贾对这个地方的熟悉程度可想而知。他对角色的塑造，乃至对电影基调的把握，在很大程度上得益于个人的经验与体认。无论是《小武》对弱势人群的观照，抑或是《任逍遥》对青春与背叛的诠释，或者是《站台》对一个地区在体制变迁中沿革的描摹，都有导演感同身受的因素。

贾樟柯虽然在新片中仍然把叙事的重心放在"边缘人物"身上。但是他的叙事立场已经发生了微妙的游移。《世界》描绘的是在北京闯天下的新移民群体。这些新移民处在商业化社会关系的最底层——以"世界公园"里的打工者的面目出现。从这个叙事背景的设置上，我们可以体会到贾的野心，就是以区区一个公园戏拟了全球化的文化语境，气魄是大了许多。贾将电影设置为若干的章节，每个章节都以一个著名的城市命名，比如"乌兰巴托之夜""大兴的巴黎"等等。当女主角坐在观光列车上听电话，对方问她去哪里，她面不改色地回答：去印度。实际上，"印度"只是世界公园的一个角落而已。

贾导对空间的兴趣依然明朗。戏剧性与现实的错位，假造的世界景观与真实的游客，虚拟场景中的"天上人间"。

他说，"这部电影更多的是讲我对我们这个城市与人的感觉"。贾很有信心可以把握住这些移民者的思维方式。因为他自身之于北京这个都市而言，也是新移民的一分子。问题在于，他在这个相对陌生的城市，所选取是外来的文化精英式的叙事视角，这是他自己所不自觉的。他本人实际上和他所要着力表现的人群存在着生活境遇上的巨大落差，从而，他一贯平视的叙事态度不得已地转向俯瞰的姿态。

记得一位移民作家在书中这样写道：侥幸我有这样远离故土的机会，像一个生命的移植——将自己连根拔起，再往一片新土上栽植，而在新土上扎根之前，这个生命的全部根须是裸露的，像是裸露着的全部神经，因此我自然是惊人地敏感。伤痛也好，慰藉也好，都在这种敏感中夸张了，都在夸张中形成强烈的形象和故事。

葛亮

小山河

这段话可作为一个旁证。说明贾樟柯选取"移民"素材是一个很明智的决定。移民阶层在心理层面，往往有很多逾越常规的东西。这些东西所酝酿出的情绪，也是喜乐参半的、多元的。他们与乡土之间的联系，有如一道若有若无的脐带，这对他们接受新的生活是种负累甚至考验。而所谓的敏感性，也正是在这种考验中磨砺出来的。有些遗憾的是，这种敏感性在《世界》里似乎并没有表达出来。我们看到片中的人物，都很顺理成章地接受了北京这个大熔炉作为他们新的栖息地，态度是欣欣然的。他们之于乡土，是孕育与脱离的单向关系。除了在老乡这个小圈子里满口乡音之余，似乎并没有更多怀恋的情绪。这与贾樟柯对家乡汾阳的态度，是相悖的。

在这部电影里，贾樟柯仿佛刻意回避了他的所谓乡土经验，这使他对生活的积累与体悟在新的题材开掘上不再有用武之地。而离弃了汾阳的贾樟柯，很像离开了水的一尾鱼。贾对情节的演进方式也明显开始依赖于想象。而想象本身的可信性因为打了折扣，在以往的贾氏电影中，时常流露出的那种动人的共鸣感在此片中消弭不见。细节的设置上代之以一些通俗的缺乏新意的桥段。比如爱情的三角关系，比如异地打工者的悲惨境遇。前者以小桃对于贞操观念的坚守为引线，但是发展下去并没有牵扯出男女关系层面之外的思考，反而突出了讲述者对于伦理规范的轻慢态度与纵容。而后者的构思是非常煽情的，男主角泰生的老乡"二姑娘"，在建筑工地打工，因为意外事故重伤，弥留之际，留下的遗言是一纸欠款债书。旅美学者薛涌在其评论《基层社会与现代精神》里引述了一则故事，某次矿难中，井底的一个矿工临死前把自己的帽子交给身边的同事，希望这个遗物能够最终落到自己的妻子手上。当妻子拿到这顶帽子时，人已经不在了。细看帽子内面，写着几行字："孝敬父母，带好孩子。还欠张主任200块钱……"薛涌将之视为义举："这是惊天动地的道德情操，这就是中国的人文精神。"而贾樟柯在运用类似题材时，通过制造悬念，刻意引发出的戏剧张力足以表明，他对这一段落所指代的精神内容怀着与薛涌如出一辙的巨大期许。这种含蓄的民族主义期许，也正是西方人看不懂的地方。在他们看来，欠债还钱，天经地义，是做人行事的起码准则。而中国人却将之视为一种"意外"，实在有些小题大做。

也许为了营造"世界"这个大主题所包容的丰富内涵，贾樟柯一改以往在角色设置方面的简洁作风，勾勒出一张颇为复杂的人物关系网。然而，因为这些关系脉络之间缺少必要的因果联系，给《世界》

带来一种前所未有的庞杂景状。其间，有的线索，是些无关宏旨的鸡肋。导演却无分巨细地做了非常详尽的交代，比如泰生在"世界公园"以外的社会活动。

但是，影片中的一条副线，很有做深入挖掘的潜质，导演却轻轻放过了。这就是女主人公小桃与俄裔女演员安娜之间的友谊。这段友谊是虎头蛇尾的，当小桃与安娜在洗衣房逾越了语言的障碍第一次实现了沟通的默契时，我想观者无不对其发展有所期待。然而，最后却以安娜突兀地离开了世界公园去做了舞厅小姐而告终。其实，两个异国的女性，在一个伪造的全球化的生存情境中不期而遇，从性别与族裔的角度，都有着相当的意义。然而，导演却只将之定位成影片中的一段小插曲而已。

廖姐拒绝了泰生带她去世界公园的邀请，直至拿到了去真正的巴黎的签证。这也是指涉性很强的一个细节。现实与理想之间也许存在着千沟万壑，而理想与伪理想之间往往只是一线之隔。这时候世界公园作为赝品的虚假性以及对于真实世界的无可替代性被导演很残酷地勾勒出来。世界公园内欢天喜地的表象也因此被瓦解，而小桃们也感到在这个伪世界中越来越喘不过气,想尽办法要逃出去却又无可奈何。人之于空间的无力性得到了很好的表达,这是贾樟柯在影片中阐释得最为明确也最为成功的主题。

《世界》中,演员们的表演只能算是差强人意。不过这从来不是贾氏影片的得力所在。电影的一个亮点是女主角小桃的扮演者赵涛(之前曾预计最夺目的是贾的御用主角——小武扮演者王宏伟,然而却不是),这是个非常具有喜剧细胞的演员,很有塑造成"戏骨"类型的潜力。其中有一个场景,是发生在世界公园的"日本馆"。小桃一袭和服,袅袅婷婷地走向观众,在木地板上跪低。我几乎认定,下面会是一套精致绝伦的茶道表演。却看见赵涛伸出手去,从品客薯片筒里抽出一片,施施然地放进嘴里,咔吧咔吧地嚼起来。然而,脸上的表情却依然保持得高贵、娴雅、不露声色。真正要把人笑翻。

在技术层面,贾樟柯第一次穿插运用了动画作为辅助性的电影语言。这些镜头令人不得不联想起冯小刚的一部贺岁电影《大腕》。然而,坦率地说,在这一点上,贾樟柯的构思远没有冯的成功,因为动画所表现出的喜剧色彩和荒诞性与冯的电影主基调是合拍的。而贾樟柯所要表现出的荒谬与忧伤有着一个十分严肃的内核。动画的运用，无疑将之淡化了，而且由于是多次穿插的形式，对影片的连贯性其实也造成了相当的破坏作用，使本来主线就不很明确的影片节奏变得更为拖沓。

为什么一部从题材到叙事场景的选取都很巧妙的影片没有得到预期的成功？贾樟柯说："也许是在面临转型的过程中，我也有点找不到北了。"这是他的心里话，坦诚得让人欣慰。

毕竟，贾樟柯是出色的。所有的人，都不愿意他的电影"世界"无以为继。所幸，《三峡好人》与《二十四城记》的出现，让我们听见了熟识而朴素的民间的声音，让我们在意料中松了一口气。

伶人

旧年六月的一个清早，某相熟编辑打电话来，说时佩普死了。我一时间没反应过来，问，谁？编辑说，蝴蝶君啊。杂志要赶个专辑，快给我篇稿子，江湖救急。我这才知道，此时新闻已经纷纷扬扬。一名定居巴黎的中国老人去世的消息掀起了法国媒体对二十世纪八十年代一桩"离奇中国间谍案"的集体追忆。

而主角，正是时佩普。当然，人们对于这起案件的认知，大约更多来自于华纳电影公司在十六年前出品的《蝴蝶君》。其中意味深长的M.成为最传奇也最荒诞的一笔。本质上，这是一部复仇的影片。尽管复仇的方式太过迂回，但是，其结果的惨烈以一当十，足够触目惊心。

还是一条多元的方程式。关于西方和东方，男人与女人。然而，方程最终无解。

关于这部电影，曾有一些题外话。当年尊龙与《霸王别姬》中的程蝶衣一角失之交臂，于是《蝴蝶君》成了得偿所愿的机会。上映之初，他已对媒体夸下海口，做出与张国荣对决演技的姿态。后来，口气不免贻人口实。仁者见仁，智者见智。表面看来，尊龙似乎输在了外形，或者是"末代皇帝"的扮相太过深入人心。举手投足，入戏七分，却毁在了那三分的"不像"。换言之，如此一个角色，除了糊弄可怜的男主人公，还要将观众骗过去才行。这种欺骗，外表自非易事。但是，我们或许更忽略了《蝴蝶君》的国际化背景。《霸王别姬》的雌雄莫辨，已足够让人惊心动魄。然而，如若再加上东西方之间的扑朔迷离，这局内外的戏，就不是一两出能说得清楚的了。在当事人，骨子里的一种不甘心，才是自欺欺人最丰厚的底。

《蝴蝶君》向以文化叙述的多元呈现而著称，成了研究性别/族裔/政治的经典案例。谍战史铿铿锵锵有之，钩心斗角亦甚，但戏剧化成了这样的，还是少之又少。若是做一番考据，不免要求本溯源。

一九〇四年，意大利著名剧作家普契尼创作的经典歌剧《蝴蝶夫人》在米兰首演。剧情讲述美国海军上尉平克顿在日本生活期间，和一名十五岁的艺妓——蝴蝶相恋。平克顿于蝴蝶怀孕时离开，并允诺在下次知更鸟筑巢时返回。蝴蝶苦苦等了三年，等来的却是来要孩子的平克顿太太，于是在无望中用祖传匕首自杀。

逆来顺受，沉默，甘愿被抛弃——这些印象是《蝴蝶夫人》在西方世界里为东方人做出的贡献。无论如何，到了苏丝黄总算有个皆大欢喜的壳。李察·梅臣算是个和事佬。港岛版本的《麻雀变凤凰》，愤世嫉俗的业余画家不囿于族裔门第成见，顺利抱得美人归。电影更是好，异国恋外加上世纪六十年代香港风光片。天星码头、中环、湾仔六国饭店、香港仔避风塘，哪一样不像风姿绰约的东方女人，让人爱怜无尽？

参照后殖民主义的学究说法，在西方的文化想象中，东方尤其是中国在东方主义的阴霾之下"被描述成女性的，她有着旺盛的生命能力，她的主要象征是性感的女人、妻妾……"。这种思考方式的出发点，无非是"只有在'女人'与'东方'被界定为他者或边陲时，（西方的）男人/人本主义才有可能将自身当作中心"。自十九世纪中叶以来，这些被所谓 WASP（White Anglo-Saxon Protestant，白人盎格鲁-撒克逊新教徒，指代欧美当权精英群体及其文化、习俗与道德行为标准）念兹在兹的刻板印象成为东西方之间相安无事的前提。

然而，这样的和谐圆满多半有点儿不由衷。东方并非风情万种的女儿国，广袤沃土上也有一群雄性动物，曾经也豪气盈天，略识弯弓射大雕。他们是东西方二元论的障碍物，无处安插，令人头痛不已。好在还有"东方主义"这个东西。东方主义作为一种男性统治或父权制在不同领域中的同类实践,使华人男性在平行排比的宰制体系西方/东方、男人/女人的相互隐喻中,也摆脱不了阴性的影射。为了满足西方白人男性在种族/性别上的优越感,东方男人亦被西方强行"去势"。

由于美国主流社会掌握文化与出版事业,加上基督教教士传统的影响,华埠往往被定型为具有异国情趣的神秘社区,黄种男人则被定型为女性化而难以琢磨的异类,他们彻底缺乏男子气概,柔弱,没有胆识和创意,不够积极,缺乏自信与活力。

在"异教的中国仔"的刻板形象——以阿辛为代表——之外,美国主流文化对华人的再现同时致力于塑造符合西方利益的"中国佬约翰"的形象。一九一九年,美国戏剧家格里菲斯在电影《残花》里塑造了主人公"黄种人",一个极为阴柔、驯良的中国男人。尽管朱利亚·乐萨带着十分的美好称之为"浪漫的英雄",但他谦卑、被动而无能的内里与自我毁灭的结局,却在无知觉间颠覆了格里菲斯树立"亚洲文明及其利他主义精神"的企图,最终坐实了西方对华人男性的某种再现霸权。就西方电影界而言,族群与性别主题和帝国主义有相当的关联,以至对于远东题材的处理构成了某种模式性的架构——

本地的好人服务白人，邪恶的本地人叛变——这两者与帝国主义的心态有关。后者如卡普拉《阎将军的苦茶》中的凶蛮军阀及斯登堡执导的《上海列车》中杀人不眨眼的革命党首领。这一系列形象与前者共同设置了好莱坞塑造华人男性的两个极端：一是善良但女性化或无性威胁的男子，如陈查理与黄种人；二是阴险野蛮的恶魔，如傅满洲或者影片《弗拉西·哥登》系列中企图征服世界的"无情的明"。而以塑造的谱系整体而言，"陈查理"无疑更为西方宰制文化系统所喜闻乐见。因为这类形象的存在意味着种族特权向性别层面的渗入，对东方/华人男性进行了象征性的阉割，将其族群属性定义为"女人气"，以确立自己的男子气概与统治合理性。一言以蔽之，对亚裔男性"女性化"再现的目的就是要"生产出一种文化共识，在这种共识中，政治与社会经济的统治象征着男人以及男子气对于女人与女子气的统治"。

　　面对白人霸权对于华人"女性化"的文化误现，一批极具责任感的亚裔文化人尤其是男性（以赵健秀、陈耀光、徐忠雄为代表），以再现场域争取言说权利为己任，力图"在作品中建构华人英雄传统，要白种男人承认并尊重其男子气概"，以重建华裔男性主体性。台湾学者廖咸浩对这种做法予以肯定："华裔历史上被消音的方法就是把男子女性化。所以他们积极想用英雄式的气质来重新建构对抗记忆。"然而，在这一群落当中，也出现了别样的声音。华裔戏剧家黄哲伦于一九八六年推出了剧作《蝴蝶君》，并于两年后获得东尼奖最佳戏剧奖。黄哲伦巧妙地融入普契尼的经典歌剧，使《蝴蝶君》成为《蝴蝶夫人》之解构版。于百老汇上演两年，在伦敦西区亦演出达一年之久，为黄赢得了巨大的声名。

一九九四年，澳大利亚导演大卫·柯南伯格拍摄了同名电影《蝴蝶君》。加利马尔这个角色由杰瑞米·艾恩斯所饰。认识这演员，是在电影《洛丽塔》里。本是最声情并茂的角色，却见他将风流演绎成了苦痛。他气质里有一种先天的愁，又加上英国人典型的瘦削脸孔和嘴角上蔓延的法令纹。实在苦得没了救。

大约这样的男人，才真正有荒唐欲绝的权利。

说起来，又是一出戏梦人生。戏是京戏，梦却是西方男子的"东方主义"迷梦。本是颇为意识形态的主题，却衬得真实愈加残酷。宋丽玲在法庭上，苍白着脸色，不知等待他的会是特赦。或许也只是戴高乐的一念之差，顾及的是颜面。一个西方大国的外交人员，被一个东方乾旦骗了二十年，实在有辱国体，不如低调处理了事。一个乾旦本成不了气候，推波助澜的是讲究唱念做打的国粹，轰轰烈烈的"中国性"。

进一步说，京剧中的乾旦，只是恰如其分地投其所好。中国绵延几千年的父系社会权力体系，是磨炼人的，他们的表演中有的是中国女性的温柔、隐忍、贞节。看官各取所需便是。

普契尼在《蝴蝶夫人》中塑造了这样一个"理想的女性"。"歌剧里的那位女主人公巧巧桑，又叫蝴蝶。"她"为整个西方世界里的人士所喜爱"。"蝴蝶"由此抽象化为一个符码，融入了西方男子的迷梦，正如《蝴蝶君》主人公加利马尔所言："我心中有一个幻象，身材苗条，身着旗袍及和服的女子，她们为了那些毫无价值的洋鬼子的爱情而牺牲。"

"为了那些毫无价值的洋鬼子的爱情而牺牲"是西方男子权力欲望的投射。随着现代西方女性地位的提高，白人男性的特权大打折扣，甚至面临被象征性"强奸"的危险。黄哲伦版《蝴蝶君》中的加利马尔在第一次做爱时即被一位"超时代的女性""上上下下地闹腾得厉害"。他们需要的是某种"可以随心所欲摆布"的女性。"蝴蝶"的幻象为此提供了某种契机。

所谓"幻象"，流俗地借用弗洛伊德的说法，是一种信念，这种信念的"基本原动力"是"愿望的满足"。对满足感的渴求促使西方男性在东方世界按图索骥,追寻心中的幻象,而中国戏剧旦角的出现,出其不意地以另一种形式将他们心中的"蝴蝶"实体化了,与他们心中的"巧巧桑"形象一拍即合。

在舞台的后方出现了宋。她是个身穿一袭白色晨衣的美丽女子,手持折扇,踩着京剧里的一支传统曲调的节奏,让锣鼓声喧的中国音乐簇拥着,舞姿翩跹地上了场。

接着,灯光和音响交替渐淡。中国京剧里的锣鼓敲打声融化为一出西方歌剧,普契尼的《蝴蝶夫人》里的"爱情二重唱"。

台下的加利马尔,是一脸的无所用心,凄楚无限。以剧情的发展来看,这场在人民大会堂演出《蝴蝶夫人》戏码的安排,无心之矢,亦是正中下怀。身为间谍的宋丽玲,敏感地意识到加利马尔心中的"蝴蝶"幻象的存在,其中有一段精彩台词,清楚明晰地记录了这个法国人理智沦陷的过程:

> 加利马尔:我平时不喜欢《蝴蝶夫人》。

宋：我一点也不能为了这个而怪您。

加利马尔：我的意思是说，这故事……

宋：它很可笑。

加利马尔：我喜欢这故事，可是……什么……

加利马尔：我……我想说的是，我以前看的这出戏都是由一些身材高大、浓妆艳抹的女人演唱的。……

加利马尔：可是那种演出能够让谁看得信服？

宋：而我让您信服了？

加利马尔：完全信服。您的演唱完完全全让我信服。这还是第一次。

台湾学者丘贵芬曾借用霍米·巴巴著名的"谐拟"概念，精辟指出，《蝴蝶君》中宋谐拟的是殖民者幻想中的被殖民者自己——"既然你把我看作女人，我就'装''作'女人给你（好）看！"扮演殖民者想象中的被殖民者，不仅搅乱了殖民层次的权力结构，也颠覆了传统性别权力关系。

男性旦角的身份，赋予这层"谐拟"以得天独厚的可能性。乾旦的男性本质，使得他们与生俱来知晓男人对于异性的需要，从而可以塑造出比"西方浓妆艳抹的女人"更像女人的"女人"。对此，《蝴蝶君》中宋丽玲和"真女人"金小姐的对话，机锋凸现又一针见血：

宋：……金小姐，在京剧里，为什么女人的角色得由男人扮演？

　　金：我不知道。也许是大男人主义的残余……

　　宋：不。因为只有男人才知道女人该做些什么。

宋丽玲而后的身体力行，让我们看到了一种可怕的、细致入微的谋略。他所通晓的定律，不只是男人对女人的了解，还有西方对东方的牵挂。文房四宝，笔墨纸砚。中国元素有条不紊、纷至沓来，成为似是而非的东方美人的傍身道具与布景。尽管写意，却着着中的。最绝的一幕，是加利马尔初到宋丽玲家，迎面就是一副对联。仔细看去，却还有个"藏头"的机巧：

丽楼台榭轻歌声声慢
玲琅佩环旋舞步步娇

对联是反着挂的，格局更似挽联。不知是有意还是无心，倒算是一联成谶。

加利马尔：你是我的蝴蝶吗？我要你对我诚实。我们两个之间不应该有什么虚假。不要让无聊的自尊心作梗。

　　宋：对，我是的。我是你的蝴蝶。

　　《蝴蝶君》是个关于欺骗的故事。有多少欺骗就有多少自欺。宋丽玲入戏太深，其苦痛感便不亚于他的猎物。民族大义自然可令其为之一快，可快乐并痛的滋味，似乎更为让人折磨。为了让故事圆满些，他甚至编造了一个三口之家的神话。他告知加利马尔自己怀孕的消息。这法国人欣喜万状的傻相，令观众们在深感滑稽之余，几乎都有些愤然。然而，当他因着这个来处不明的孩子，只身远赴巴黎，风尘仆仆、柔情万种地面对这冤孽的敌人，却又令看客们为之动容。这一段，尊龙演绎得着实不错。多少的言不由衷，欲语还休。为了自己被绑架的孩子，加利马尔陷入了政治与情爱的万劫不复。

　　"真正知道我故事的人，却会羡慕我，因为我得到了一个女性最最温柔的对待。"即使在法庭上，面对宋的出庭指证，他仍然眼带醉意，执迷不悔。

　　影片的高潮在囚车一场。

宋丽玲除去衣服，袒露了男儿身。他跪在加利马尔面前，问道：我还是你的蝴蝶吗？这话是试探，更如同威胁性的最后通牒。法国外交官望着这个让自己在谍战中一败涂地的中国男人，被自己一手制造的东方幻梦彻底击垮，陷入无以复加的绝望。

张小虹在讨论宋丽玲的"性别表演"时说道："如果身体的性别表象是'自然化'的性别身份之必要符码，那《蝴蝶君》中的性别表象首先由女人的和服跳到男性的西装，以服饰为性别分化的文化符码，接着再由服饰跳脱到人体，最终以外在生殖器作为性别差异的生理标准。"这话很清楚，服饰是宋"扮装"策略的一部分。易言之，又是一种象征性的阉割。而重着男装，乃至除尽衣饰凸显性征，可谓其再现"男性属性"的咸鱼翻身之举。

面对全身赤裸的宋，加利马尔再也无法掩耳盗铃，他说出了让自己最痛苦的事实：你看你自己！你是个男人！

然而，宋却乘胜说了一句颇耐人寻味的话：等等，我并不"只是个男人"而已。

宋何出此言？我们可以在庭讯时他与法官的对话找到答案：

宋：……我是个东方人，我就永远不可能是个彻头彻尾的男人。

法官：宋先生，你的这套高论不堪一驳。

宋：您认为如此吗？这就是你们和东方打交道的时候着着失利的根本原因。

在此，宋借用了不可一世的东方主义论调，以其人之道还治其人之身。在性别尊严上未输于人，在民族大体上又扳回了一城，可算是有勇有谋。

在身陷囹圄之后，加利马尔决定独自将这出戏演到底。其决心之烈，几乎让我们看到破釜沉舟的姿态。一个笑话，抑或痴情斗士；死与涅槃，成败攸关。于是我们看到了黑衣蔻丹、唇若血樱的法国前外交官，以自我的消亡成就了《蝴蝶夫人》的永恒。看着镜中的自己，他如释重负，喃喃低语：

> I have a vision of the orient, the deep within her almond eyes, there are still women, women willing to sacrifice themselves for love, for man. Even the man whose love is completely without worth. Death with honor, is better than life

with dishonor. So, at last, in the prison, far from China, I have found her. My name is Rene G, also known as M. Butterfly. (我有一个幻象,东方的幻象。在她的眼睛深处,仍然有女人,愿意为爱一个男人而牺牲自己,即使幻象中那男人的爱全然没有价值。光荣地死去,总胜于不光荣地过活。因此到最后,在狱中,远离中国,我找到她。我的名字叫勒内·加利马尔——又名蝴蝶夫人。)

这一段经典独白,将颠覆与成全如此微妙地糅合为一体,让我们看到一则有关于中西的世纪神话以荒诞无比的方式严肃地再现。加利马尔悲壮而缓慢地自戕,破碎的镜片抹过脖颈,鲜血暗涌、蔓延。再一次对蝴蝶夫人命运的复写,是如此地残忍而充满嘲意。

此时的宋,已获得特赦,踏上了往中国的飞机,神伤黯然。这场以谍战为主线的角力,有了一个囫囵扑朔的结局。在半个世纪之后,随着主角的相继殁去,输赢似乎成为了最无关紧要的表象。而那蝴蝶的标记,却犹如烙印,在族裔与情爱的肌肤上时隐时现,形神不散。

后记

笔记本

说起用笔记本的经历，多半和健忘相关。"好记性不如烂笔头"被我奉为圭臬。后来有了平板电脑与智能手机，笔记本实际是用得少了，因为我经常忘记它们被放在了哪里。

我喜欢用纸笺。这是出于写字的需要。竖格的直笺，随便写一些什么，都觉得通体舒泰。记得相当长的一段时间里，我给老辈的朋友们写信，还用这些纸笺。得到的回信是同样的格式，去与来之间，便有了某种期待。跟爷爷的老朋友，三联的范用先生通信，回信里，会夹他孙子的一帧小画，是出其不意的窝心，有些忘年相知的意思。但是，这些朋友，因为年纪的增长，陆续凋零。让用笔书写这个行为，似乎都失去了某种依持。

写作间的触动，往往是分散的。过于精致的笔记本，不见得可以写得出东西来。一些意念和想法，在信封、银行账单的背面，甚至杂志的空白处，落笔成趣。但这种分散，也往往会让自己吃了苦头。因为梳理只字片语的个中逻辑，犹如解字谜。所以，笔记对我而言，还是踏踏实实的"记"的功能，是回忆的载体。这些年，由于写有关民国的风物，录了不少的文字。关于中国的盐运历史，关于北伐，又或者有关中国近代知识界的起伏——京津文胄的流徙、联大的变迁，方寸之间，都成为岁月的积淀。因为涉及梨园故事，一段时间，沉浸其中。各种剧目唱段，在家里绕梁不止。也做笔记，不记唱词，不记曲谱。记的却是伶人表达故事的腔调。同样是西皮流水，《三家店》唱的是痴情；《打龙袍》唱冤屈与怨艾；《李逵下山》唱忠义；《四郎探母》唱的先是爱，后是关于信任的考验。京戏的逻辑，包罗万象。而音乐作为语言的传递，需要即时的翻译与捕捉。自认不是很好的译者，笔记本便派上了用场。

回忆起来，一次用笔记本成文的经验，在数年前。那是一次在机场漫长的等待，因为航班晚点。漫长到看完了五集美剧，耗尽了 iPad 的电量，又看完了半本舒国治的行脚美食文集。终于，决定要做点创造性的工作。如此，从包里掏出了笔记本，做了预设在郑重其事的情境中该做的事情：为刚刚交稿的长篇小说写自序。由于写的是南京，思路尚算通畅。写青少年时期的城市念想，写这城市于历史的遗留，由"三百年间同晓梦"写到"文革"的青春暴烈，从秦淮河畔的老字号写到"1912"仿制的民国建筑。笔尖在纸页上沙沙作响，竟出其不意地顺畅，有如神助，那感觉太美好，至今记忆犹新。

那本笔记本是在南京的先锋书店买的，封面上是喜庆的红色剪纸。卡着蓝色橡皮印章。不幸的是，后来在一次旅行中遗失，自然就连同这篇序言的初稿。后来回到家乡，又特地去了这家书店，买了几本，聊作慰藉。不觉间，也重拾笔走纸上的乐趣。旧年搬家，发现了一本毛边的线装本子，竟是祖父的笔记本。扉页上写着"据几曾录"四个字。打开，字迹龙飞凤舞，潦草非常，远非其常年治学与为人的严谨印象。有一些大约还是自己发明的速记符号，如今已难破译。有一篇，大概可以辨识得出，是二十世纪三十年代由川入滇的行程安排。手绘了一张地图，工笔入微，是其中最有雅趣的部分。大约相当于现在的人常说的旅行攻略吧。

这书中的内容，大约回归到了笔记最为原初的意义，有关于过往与观看。记的是一些时间的感受，也是对人与生活的印象。这些感触，用笔描摹下来，一笔一画，源自尊重。